KB266372

우리의
뒷모습은 시간을 닮는다

소울앤북 산문선

# 우리의
# 뒷모습은 시간을 닮는다

초판 1쇄 발행 | 2026년 3월 25일

지은이 | 윤용철
편집인 | 이용헌
펴낸이 | 윤용철
펴낸곳 | 소울앤북
주   소 | 경기도 파주시 회동길 325-22, 3층
전   화 | 02-322-1350
등   록 | 2014년 3월 7일 제4006-2014-000088

ⓒ 윤용철 2026

ISBN  979-11-91697-32-2  03810

# 우리의
# 뒷모습은 시간을 닮는다

윤용철

소울앤북

책을 내겠다는 생각은 꽤 오래 되었다.

젊었을 때부터 써 온 글도 많아 언젠가 정리해야 할 필요성도 있었지만,

삶이 어느 정도 굽이굽이 흘러온 뒤, 잠시 걸음을 멈추고 뒤돌아보는

나이가 60살 쯤이면 되지 않을까 생각했기 때문이다.

살아온 길 위에 무엇이 남았는지,

무엇을 잃고 무엇을 붙들고 여기까지 왔는지,

조용히 앉아 스스로에게 묻고 싶은 마음이었다.


그러나 60살이 되었을 때도 나는 차마 이 일을 하지 못했다.

돌아보니 이루어 놓은 것도 별로 없고,

세상 앞에 내세울 만큼 그럴듯한 삶도 아닌 것 같았다.

더구나 내 삶을 이야기한다는 일이 어쩐지 쑥스럽고, 또 부끄럽기도 했다.

그동안 나는 마음속을 스쳐 지나가는 것들을 그저 조용히 적어 두었다.

어느 날 문득 떠오른 기억들,

바람처럼 스쳐가는 생각들,

문득 가슴을 먹먹하게 만드는 그리움 같은 것들.

그것들은 글이라고 부르기에도 부족한 잡글 같은 메모들이었다.

그렇게 십 년이라는 시간이 흘렀다.

세월이 조금 더 지나고 나서야 비로소 알게 된 것은

사람의 삶이란 대단한 무엇이 있어서 기록되는 것이 아니라

그저 살아냈다는 것, 그 시간 속에서 울고 웃으며 버텨왔다는 것만으로도

이미 하나의 이야기라는 사실이다.

그래서 이제야 숨겨놓았던 글들 중 일부만을 골라내어 부끄럽게 내놓는다.


내 안에는 고향 순천의 정서가 깊이 배어 있다.

그 안에서도 더 깊은 산골, 흙 냄새와 풀 냄새가 진하게 배어 있는 촌놈의

마음이 내 속을 가득 채우고 있다.

그래서 이 글에 나타나는 내 감성과 생각들은 결국 모두 한 곳으로 흘러

간다.

내가 태어난 고향 마을, 그리고 그곳에 계셨던 아부지와 어머니에게로.

내 정신의 뿌리는 거기에 있다.

내 마음의 처음도, 마지막도 그곳에서 시작된다.

고향.

아부지.

어머니.

형제들, 그리고 친구들


열아홉 살에 나는 고향을 떠나 서울이라는 곳으로 올라왔다.

그때는 그저 세상으로 나가는 길이라고 생각했지만

돌이켜 보면 그날은 내 마음 한쪽이 고향에 남겨진 날이기도 했다.

그 뒤로 나는 긴 세월을 서울에서만 살아왔다.

거리도 익숙해지고 많은 사람들도 사귀며 도시의 삶 속에서 나이들어
왔다.
그러나 이상하게도 나는 아직까지도 늘 이곳에서 이방인이다.
서울의 바람은 분명 내 것이 아니고
서울의 하늘은 어딘가 낯설다.
사람들은 도시에서 오래 살면 그곳이 고향이 된다고 말하지만
내 마음은 단 하루도 고향을 떠난 적이 없다.
부모님의 나에 대한 끝없는 사랑과 눈물,
형제들과 뛰어다니던 산길과 논두렁을 나는 단 한 번도 잊어 본 적이 없다.
누군가는 그것을 유별난 그리움이라고 말한다.
그러나 그것이 바로 내 삶을 처음부터 끝까지 관통해 온 이야기이며
내가 살아가는 힘의 원천이다.
긴 서울 생활 동안 나는 늘 이러한 기억들과 함께 마음속에 유년의 한 장
풍경을 품고 살았다.
고향의 산,
마을로 들어가는 흙길,
저녁이면 연기가 피어오르던 지붕들,
바람에 흔들리던 들판의 냄새.

나는 가끔 생각한다.
언젠가 내 삶이 다 흘러가면 나는 다시 그곳으로 돌아갈 것이라고.
내가 태어난 마을의 바람 속으로,
아부지의 눈물과 한이 남아 있는 논두렁으로,
어머니의 발걸음이 오가던 그 고샅과 한숨이 남아 있는 밭머리로…

그리고 어느 날 나는 그 고향의 흙이 되고 그 고향의 바람이 될 것이다.
그것이면 내 삶은 충분하다고 나는 오래전부터 그렇게 믿어 왔다.

더하여
이 글을 쓰면서 내내 마음에 둔 사람이 있었다.
내 삶의 가장 어둡고 고통스러운 시간들을 묵묵히 곁에서 지켜보며
쓰러진 나를 수없이 일으켜 세워 준 한 사람.
오늘의 나를 있게 한 사람.
그리고 앞으로도 마지막 삶까지 같이 할 사람,
안혜준!
이 세상 언어로는 표현할 수 없는 고마움과 사랑의 마음을 담아
당신에게 이 책을 바칩니다.

2026년, 봄 윤용철

# 차례

# 울 엄니 가슴에 눈물로 뜨는 달

뒷산 아카시아 숲속에
귀촉도,
귀촉도,
귀촉도 소리.

자던 베개 돌려 안고 귀 세우면
뒷산 첩첩 내 유년의 고향에도
귀촉도가 운다.

그 하늘에 울 엄니 얼굴 반달로 뜨고
고샅 어귀마다 왁자지껄 동무들 얼굴

옆집 순이야.
오늘 같은 밤이면
수만 리 꿈길이라도 너를 만나마
봉숭아 꽃물든 그 약속도 그리워라.

귀촉도,
귀촉도…

떠나와 다시는 갈 수 없는 곳
마음속 몇 리 길이 하 수만 리.

유년의 하늘가 초아흐레 반달이
울 엄니 가슴에 눈물로 뜨는 밤.


귀촉도의 울음소리는 묘한 향수와 슬픔, 그리움을 동시에 자아낸다.
그 소리는 새의 것이지만, 실은 오래전부터 내 안에서 울려오던
기억의 잔향이기도 하다.
밤이 깊어지고 바람이 산자락을 스칠 때,
그 울음은 어딘가 먼 숲에서 들려오는 듯하면서도
 실은 내 마음 깊은 곳에서 조용히 되살아난다.
귀촉도의 울음이 부르는 것은 공간이 아니라 시간이다.
그 소리를 듣는 순간, 나는 어느 낯선 숲이 아니라
유년의 한 지점으로 곧장 되돌아가 서 있게 된다.
거기에는 언제나 같은 장면이 있다.
반달이 떠 있는 하늘,
그 달빛 아래 겹쳐지던 어머니의 얼굴,
고샅 어귀에서 떠들던 동무들의 웃음소리.

그 모든 것은 실제로 존재했던 기억의 조각들이면서
동시에 다시는 되돌릴 수 없는 내 유년의 풍경이다.
또한 옆집 순이는 어릴 적 함께 놀던 한 사람의 이름이 아니라
끝내 이루지 못한 내 유년의 작은 꿈이었고
지금도 어디쯤에서 나를 기다리고 있을지 모르는
오늘의 불확실한 내 자아다.
고향은 단순한 지명이 아니다.
내게 고향이란 부모님이 살아 계셨던 시간이며,
내가 아직 세상의 무게를 알지 못하던 시절의 이름이다.
그래서 고향을 그리워한다는 말은 결국 어머니와 아버지를 그리워한다는
말과 다르지 않다.
어머니의 부엌에서 피어오르던 따뜻한 밥 냄새,
밤새 아픈 아들을 업고 얼레던 아버지의 등,
아직도 내겐 늘 애틋한 형제들에 대한 그 따뜻한 기억들.
그 모든 것이 고향이라는 이름 속에 함께 묶여 있다.
이미 돌아갈 수 없다는 것을 알기에 그리움은 더 이상 어떤 장소를 향하지
않는다.
그리움은 이제 하나의 방향이 아니라 내 삶 속에 스며 있는 방식이 된다.

반달은 완성되지 않았기에 오래 남는다.
가득 차지 않았기에 오히려 더 오래 바라보게 된다.
다 하지 못한 말들이 빛이 되어 밤마다 가슴을 비춘다.
유년의 약속들은 지켜지지 않아도 괜찮다.
봉숭아 물이 손톱에서 사라지듯 그 약속들도 세월 속에서 자연스레 지워

진다.

중요한 것은 약속이 지켜졌느냐가 아니라 그 약속이 가능하다고 믿던 시간의 넉넉함이다.

그 넉넉한 시간 속에는 늘 부모님이 계셨다.

세상이 얼마나 넓은지 몰랐던 어린 날에도 집으로 돌아오면 늘 불빛이 있었고

그 불빛 아래에는 어머니와 아버지가 계셨다.

이제 그 불빛은 사라졌지만 그 따뜻함은 여전히 마음속 어딘가에 남아 있다.


어린 시절 아버님은 귀촉도가 촉나라 사신이 나라가 망하자 식음을 전폐하고 조국을 그리워하다 죽어 새가 된 존재라 말씀하셨다.

그래서 그 울음은 단순한 새소리가 아니라 끝내 돌아갈 수 없는 곳을 향한 끊어지지 않는 그리움의 소리라고 하셨다.

나는 이제 그 말의 뜻을 조금은 알 것 같다.

그리움이란 되돌리기 위한 감정이 아니라 되돌릴 수 없음을 끌어안고 살아가는 마음이다.

그래서 귀촉도의 울음은 어느 숲에서 들려오는 소리가 아니라

부모를 잃고도 여전히 고향을 마음에 품고 살아가는

우리 모두의 마음속에서 울리고 있는 소리일지도 모른다.

그 소리가 멎는 날은 아마도 우리 마음속 그리움마저

완전히 사라진 날은 아닐까.

# 아버지의 눈물, 땅의 무게

아직 초등학교도 들어가기 전, 아마도 일곱 살쯤이었을까.
어느 밤, 아버지는 평소 주무시던 안방이 아니라
안방 옆 작은 새 방에서 나만을 품에 안고 누우셨다.
어린 나이에도 알 수 없는 숨죽인 어둠과 아버지의 한숨만이 떠돌았다.
내 얼굴을 맞댄 아버지의 숨결, 그 속에 섞여 있던 흐느낌.
잠든 척 눈을 감고 있던 내 얼굴 위로
그 밤 내내 아버지의 눈물이 쉼 없이 흘러내렸다.

머리맡에는 낮에 동네 분으로부터 넘겨받은 돈 보따리가 놓여 있었다.
누군가의 심장을 꺼내 형겊에 싸 둔 것처럼 느껴졌다.
그날 아버지는 밤밭이라 불리던 곳의 논 세 마지기를 팔았다.
그 논은 단순한 땅이 아니었다.
한 해 식량이 거기서 나오고, 자식들의 밥그릇이 거기서 채워지고,
가난 속에서도 꺾이지 않던 자존심이 거기서 자라났을 것이다.

농부에게 땅은 소유가 아니다.
몸을 묻고, 땀을 섞고, 이름을 새기는 자리다.

봄마다 못자리에 볍씨를 뿌려 모가 자라면, 여름에 희망을 담아 모를 심고,
여름 내내 뜨거운 햇볕 속에서 잡초를 뽑으며 인내를 배우고,
가을엔 벼를 베며 한 해의 삶을 거두는 곳.
땅은 생계이면서도 동시에 존재의 뿌리였다.
따라서 그 뿌리를 잘라내는 일은
자신의 한 부분을 떼어내는 일과 다르지 않았을 것이다.

아버지는 의병 운동이랍시고 집안을 돌보지 않았던 평생 선비셨던 할아버
지의 그림자를 대신 짊어지시고 사셨다.
아버지는 삼대독자셨다.
빈한한 당신의 삶을 일구어 손수 마련한 그 옥토를 자식들을 키우느라 진
빚으로 내놓아야 하셨다.
여섯 아들과 세 딸, 아홉 남매의 아버지였지만
그날 그 밤만큼은 아무도 당신을 위로할 수 없는 혼자일 뿐이셨다.
가장의 어깨는 넓어 보이지만 그 안쪽에는 누구도 대신 들어줄 수 없는 한
없는 외로움과 무게가 있다.
더구나 여리고 작은 몸이셨던 아버지는 자식들 앞에서는 강인해야 했다.
그래서 그 눈물을 자식들에게는 보이고 싶지 않으셨을 것이다.

형제들은 아직도 그 밤의 아버지 눈물을 모른다.
한 번도 내가 이야기한 적이 없기 때문이다.
오직 어린 나만이 아버지의 가슴에 얼굴을 묻은 채 밤새 그 울음을 들었고,
단지 혼자만의 기억으로 간직하고 싶었을 뿐이다.
형제들에게까지 아버지의 눈물을 기억하게 하고 싶지 않았기 때문이다.

그 밤 그 울음은, 그 눈물은 어린 내 뼛속까지 스며들었다.

그날 이후 나는 아버지의 눈물을 한 번도 잊은 적이 없다.

세월이 흘러 철이 들고 나서야 비로소 알았다.

가장으로서 얼마나 외롭고, 얼마나 무섭고, 얼마나 힘드셨을지.

당신의 피와 살, 뼈를 갈아 마련하셨던

그 땅을 내어놓는 일이 얼마나 아프셨을지…

지금도 고향에 내려가면 가끔 일부러 그 논이 있던 곳을 찾는다.

이제 그 땅은 주인이 몇 번이나 바뀌었는지 모르지만

그 흙 아래에는 아버지의 눈물과 땀이 아직 남아 있을 것만 같다.

그 땅 어느 구석엔가 그 밤의 눈물이 마르지 않은 채 스며 있을 것만 같다.


아버지는 내 삶의 근원이다.

내가 밟고 선 모든 땅의 첫 시작은 그분의 발바닥에서 이어졌고,

내가 버티는 힘의 뿌리는 그분의 밤에서 자랐다.

살아 계신다면 그 주변의 땅을 모두 사드리고 싶다.

저고리 주머니마다 돈을 가득 넣어드리며, 한 번도 건네지 못해 한이 된

"아버지, 사랑합니다"

두 팔로 안고 말해드리고 싶다.

그러나 우리네 삶은 그런 기회를 다시 주지 않는다.

농부에게 땅이 생명이라면 아들에게 아버지는 그 생명의 근원이다.


그립고 그리운 아버지,

당신이 흘린 그 밤의 눈물은 지금도 계속

제 가슴 한가운데를 적시며 흐릅니다.

# 내 영혼의 샘을 길어올린 여자

세월이 많이 흘렀다.

나는 그때 삶의 바닥에 거의 닿아 있었다.

무엇을 붙잡아야 할지 몰랐고 무엇을 위해 살아야 하는지도 알 수 없던 시간

하루를 버티는 일이 하루를 살아내는 일이 아니라

하루를 견디는 게 일이던 시절이었다.

아침이 오면 그저 또 하루가 시작되었다는 사실이

견디기 어려울 만큼 두렵게 느껴지던 날들이었다.

그때 그 여자가 내 삶에 들어왔다.

나는 지금도 그 순간을 우연이라고 말할 수 없다.

어쩌면 세상에는 사람을 살리기 위해 보내지는 사람이

정말로 있는지도 모른다.

그 여자는 내 인생의 그런 사람이었다.

나는 자주 생각한다.

사람의 마음에는 보이지 않는 우물이 하나 있다고.

그 우물은 누구에게나 있지만 누군가에게는 맑은 물이 고여 있고

누군가에게는 깊은 어둠만 가득하다.

그때의 내 우물은 빛이 거의 닿지 않는 깊은 곳에 있었다.
물을 길어 올릴 힘도 없었고 길어 올릴 이유도 없었다.
그저 가만히 어둠 속에 마지막 촛불 하나가 사그러지는 것을 보고
앉아 있었을 뿐이었다.

그때 그 여자가 내 우물가에 서 있었다.
말없이 두레박 하나를 내려놓고 조심스럽게 물을 길어 올렸다.
나는 그 모습을 지금도 잊지 못한다.
그 여자는 내 절망의 깊이를 묻지 않았다.
왜 그렇게 되었는지도 어디서부터 잘못된 것인지도 묻지 않았다.
그저 조용히 내 영혼의 물을 길어 올렸다.

사랑이라는 것이 그때 나는 무엇인지 몰랐다.
사랑이란 손을 잡는 일이나 함께 웃는 일이라고만 생각했다.
그러나 그 여자를 통해 나는 다른 사랑을 알게 되었다.
사랑은 한 사람의 어둠 속으로 내려가
그곳에서 물을 길어 올리는 일이라는 것을.
사랑은 말보다 오래 남는 침묵이라는 것을.
사랑은 상대의 절망을 대신 견디는 보이지 않는 노동이라는 것을.

한잔 술을 마시고 정릉의 비탈진 길을 오를 때면
그 여자는 마치 별빛처럼 내 어깨 위에 내려앉았다가
말없이 내 영혼의 두레박을 내려 물을 길어 올렸다.
내가 스스로 포기하려 했던 날에도 그 여자는 포기하지 않았다.

내가 나를 믿지 못하던 날에도 그 여자는 나를 믿고 있었다.

나는 그때 자주 미안했다.

내가 그에게 줄 수 있는 것이 너무 적었기 때문이다.

아니 거의 아무것도 없었다.

사랑한다는 말조차 그녀에게 짐이 될 수 있다는 것을 나는 알고 있어서

사랑한다는 말조차 쉽게 꺼내지 못했다.

사랑한다는 말은 내가 그녀에게 건넬 수 있는 유일한 언어였음에도.

그녀에게 줄 수 있는 내 전부의 재산이었음에도.

그 시절의 나는 참 많이 아팠다.

끝없는 어둠의 터널에서 늘 삶의 가느다란 줄을 타고 있었다.

그녀도 많이 아팠을 것이다.

내가 무너지지 않기를 바라며 조용히 견디느라 많이도 아팠을 것이다.


세월은 잘도 흘렀다.

사람들은 지금의 나를 보고 그런 시간을 상상하지 못한다.

그러나 나는 지금의 내가 혼자 여기까지 온 것이 아니라는 것을 안다.

그 깊은 어둠 속에서 그녀가 없었다면

나는 아마 이 자리까지 오지 못했을 거라는 것을.

이제 세월이 흐르면서 우리의 얼굴도 조금씩 변했고

시간은 우리를 두고 화살처럼 쏜살같이 지나갔다.

그러나 한 가지 변하지 않은 사실은 그녀가 여전히 내 곁에 서 있다는

사실이다.


나는 지금도 가끔 생각한다.

사람의 인생에는 두 번의 탄생이 있다고.
한 번은 세상에 태어나는 순간이고
또 한 번은 누군가의 사랑 속에서 다시 살아나게 되는 순간이라고.
내게 그 두 번째 탄생을 준 사람,
내 어둠의 끝없는 깊이에서 영혼의 샘물을 길어 올리던 여자.
그 여자 안혜준!

# 내 마음속 고라니

어디에서 온 녀석일까.

아침이면 한강에서 넘어온 새벽안개가 자욱이 깔리고,

그 안갯속을 헤치며 온갖 새들이 낮게, 또 높게 비상하는 파주 들녘.

그 들녘이 한눈에 펼쳐지는 곳에 내가 머무는 작은 사택이 있다.

안개가 걷히기 전의 들녘은 늘 세상 밖의 풍경처럼 느껴진다.

사람의 시간보다 조금 더 오래된 시간,

사람의 말보다 조금 더 깊은 침묵이 흐르는 곳.

작년 여름부터였던가.

사택 앞 묵정밭에 거의 날마다 고라니 한 마리가 다녀간다.

처음에는 다리가 가늘고 몸집이 작은 아기 고라니였다.

바람에 흔들리는 갈대 사이를 조심스럽게 오가던 그 모습이

이제는 제법 어른 짐승의 몸집이 되었다.

여름이 가고 가을이 가고 긴 겨울이 거의 다 지나가고 있는 지금까지도

녀석은 하루도 빠짐없이 이 들녘을 지나간다.

나는 행여 녀석이 놀라 달아날까 창문을 조금 열어 두고

가만히, 아주 가만히 바라볼 뿐이다.

몇 년째 농사를 짓지 않아 묵정밭이 된 사택 앞은
우거진 갈대와 억새로 인해 이제는 숲과 다름없다.
녀석은 그 마른 갈댓잎을 뜯다가도 문득 고개를 들어 먼 곳을 바라보고
때로는 오도카니 서서 아무 생각도 없는 듯 긴 시간을 보내기도 한다.

그럴 때면 나는 이상한 생각에 잠긴다.
어느 틈엔가 내 마음 한구석에도 고라니 한 마리가 들어앉았다는 생각.
아니, 어쩌면 내가 점점 고라니가 되어가고 있는지도 모른다는 생각.
녀석이 보이지 않는 날이면 내 마음은 어느새 갈대숲을 헤매고 있다.
늘 혼자인 모습이 어쩐지 나의 처지와 닮아 있다는 생각이 들어서일까.
코로나 팬데믹을 핑계로 스스로를 이곳에 유폐시킨 지도 어느덧 두 해째.
사람을 만나던 시간은 줄어들고 대신 들녘의 바람과 안개와 새소리가
퇴근 후 내 오후의 대부분을 채우게 되었다.

사슴과에 속하는 고라니는 천적인 호랑이와 늑대가 사라진 우리나라에서
점점 개체수가 늘어나고 있다고 한다.
노루와도 비슷하지만 입가에 난 송곳니 때문에 멀리서도 쉽게 구별이
된다.
그래도 더 가까이 보고 싶어 가끔 거실 안에서 등산용 쌍안경으로
몰래 녀석을 들여다본다.
보면 볼수록 녀석의 눈빛은 맑다.
너무 맑아서 금방이라도 눈물이 고일 것만 같다.

그 눈을 보고 있으면 아득한 대학 시절의 어느날이 떠오른다.

같은 과 여학생 하나가 어느 날 내게 말했었다.

"요즘 형을 보면 사슴의 눈이 떠올라. 왠지 슬퍼 보여."

정말 그랬을지는 모르겠다.

하지만 그 무렵의 나는 갑작스러운 교통사고로 아버지를 여읜 뒤

한동안 정신을 놓고 살고 있었다.

얼마나 애처로워 보였으면 후줄근한 사내의 눈을 보고 사슴을 떠올렸을까.

그때의 나도 어쩌면 숲속에서 길을 잃은 짐승 같은 눈을 하고 있었을

것이다.


그런데 요 며칠 고라니가 보이지 않는다.

더구나 오늘은 지난밤 폭설로 온 들녘이 눈밭이 되었다.

갈대도, 길도, 짐승의 발자국도 모두 하얗게 덮였다.

녀석은 어디에서 무엇을 하고 있는 걸까.

혹시 눈 속에서 먹이를 찾지 못해 어딘가에 쓰러져 있는 것은 아닐까.

잠시 회사에 나갔다가 돌아와서도 나는 늦도록 창가에 서서 들녘을 바라

본다.

녀석이 없는 겨울 들녘은 오늘따라 유난히 넓고 휑하다.


얼마 전

내가 가장 사랑하는 조카에게서 전화가 왔었다.

"삼촌… 나 ○○이랑 헤어졌어요."

나는 잠시 아무 말도 하지 못했다.

이렇게 작고 하찮은 짐승과의 인연에도 마음이 애잔하고 여리어지는데,

12년 동안이나 함께 살아온 사람과 헤어진 내 조카는 얼마나 마음이 아

플까.

티브이 뉴스에서는 폭설로 온 세상이 눈에 묻혀 움직일 수 없다는 이야기가 흘러나오고 있었다.

오늘은 내가 아니라 혼자 남겨진 조카가 겨울 들녘 어딘가를 헤매고 있을 내 마음속 고라니 같다.

# 마당 앞 작은 생, 뚜삐

뚜삐가 죽었다.

그 사실 하나가 며칠째 가슴에 묵직하게 내려앉아 있다.

어제도 오늘도, 마음은 종일 그 자리에서 한 발짝도 움직이지 못한다.

뚜삐는 우리 회사 사택, 옆집에서 키우던, 작은 땅꼬마 같은 치와와였다.

옆집과는 마당을 공유하듯 맞닿은 구조 탓에

사택을 방문하는 사람들은 종종 내가 키우는 개로 오해하고는

왜 저리 귀여운 개를 밖에서 키우느냐고 질책성 질문을 하곤 했다.

옆집 아저씨가 데려왔던 아주 어릴 때부터 뚜삐는 밖에서 살았다.

작고 가여운 몸으로 두 번의 겨울을 견뎠다.

70대 부부가 키운다기엔 부담이었는지 그 돌봄은 너무 무성의했다.

겨울이면 개밥 그릇은 늘 얼음에 갇혀 있었고

나는 사택에 머무는 아침마다 따뜻한 물을 데워 주고

가끔은 고깃국물을 끓여 주며

'이 정도라도 해주지 않으면 안 되겠다'는 마음으로

조심스럽게 경계를 넘나들었다.

뚜삐에게는 이름조차 없었다.
어느 날 주인아주머니에게 강아지 이름을 물었을 때 돌아온 대답은
"그냥 야, 라고 불러요."
그 말이 너무 허전해서 나는 혼자서 그를 그렇게 불렀다.
뚜삐. 아무 의미도 없는 이름…

작고 귀여운 소리 하나쯤은 이 아이의 몫이어야 한다고 생각했다.
서울 집과 사택을 오가며 일주일에 사나흘을 이곳에서 지내는 동안,
뚜삐는 나의 유일한 친구였다.
원래 나는 개를 그다지 좋아하지 않았다.
그런데 어느 날 내 일상에 들어온 그 어리고 귀여운 애가
나를 보며 꼬리를 살랑거리는 것을 보며 그만 정이 들고 말았다.
말없이 꼬리를 흔들며 나를 반기던 존재,
하루의 피로를 말없이 받아주던 존재.
나 역시 그를 유난히 아꼈다.
주말에 서울에 있다가도 문득 뚜삐가 보고 싶어지면
일요일 오후, 일부러 다시 사택으로 내려오곤 했다.
그만큼 그는 이곳에서의 나를 붙들어주는 작은 생명이었다.

지난 일요일도 그랬다.
오후에 사택에 도착했는데 늘 그 자리에 있던 뚜삐가 없었다.
앞집은 조용했고 밤이 되도록 인기척도 없었다.
혹시 외출하면서 데려갔을까, 그런 적은 한 번도 없었는데…
앞집 뒤편과 공장 구석구석을 뒤졌지만 뚜삐는 없었다.

늦은 밤 불은 켜졌지만 그날 밤, 뚜삐는 돌아오지 않았다.


월요일, 회사에 나갔지만 마음이 놓이지 않았다.

오후 세 시쯤 사택으로 돌아와 다시금 허락도 없이 옆집 주변을 살폈다.

그때 마당에 나온 앞집 아주머니를 붙잡고 나는 매달리듯이 물었다.

"뚜삐는… 어딨나요?"

"죽었어요. 그저께."

아주머니 말은 너무 가볍게 떨어졌다.

피를 토했고, 거품을 물었고,

이틀을 앓다가 죽었다고 했다. 사상충에 걸렸던 모양이다.

"왜 병원에 데려가지 않으셨어요?"

그 질문은 허공에 가만히 떠 있다가 아무 대답도 받지 못한 채 사라졌다.

집으로 돌아와 현관문을 닫는 순간

가슴 한켠이 내려앉듯 눈물이 왈칵 쏟아졌다.


짐승의 생명은 그렇게 가벼운 걸까?

아니, 그래서 더 그랬을까.

너무 야속하고, 너무 아팠다.

평일에 내가 사택에 있었다면 살릴 수 있지 않았을까.

그날, 그 시간에 내가 곁에 있었다면 병원에 데려갈 수 있지 않았을까.

이런 생각들이 자책이 되어 마음을 갉아먹는다.

출근해 회사에 앉아 있어도 내 마음은 자꾸만 그 작은 개집 앞에 머문다.

이름을 불러도 돌아오지 않는 자리,

주인 잃은 차가운 밥그릇 옆에 남은 허전한 공기.

이름을 불러준 사람이 있었음을,

너를 친구로 여긴 사람이 있었음을 너는 알고 갔을까.

뚜삐…

너무 늦게 와서,

너무 조금만 보살펴서 미안하다.

이 마음이 어디에도 닿지 못한 채

오늘도 이렇게,

너의 이름 위에서 오래 서성인다.

# 시간과 기억의 항아리

1994년, 이성계가 한양을 도읍으로 정한 지 600년이 되는 해에
서울은 하나의 의식을 치렀다.
그것은 단순한 기념행사가 아니었다.
시간을 향해 무릎을 꿇고, 스스로를 봉인하는 결단이었다.
남산골 한옥마을 옆 땅속 깊은 곳에 묻힌 것은
금속으로 빚은 동종 모양의 물체였지만,
실은 그 안에 들어간 것은 물건이 아니라 "존재의 흔적"이었다.
이름하여 "서울 1,000년 타임캡슐".
2394년 개봉을 향해 던져진 의미는 사실상 우리의 후손들에게 향한 고백
과도 같다.
"이것을 열어보는 그대들이여, 우리의 시대를 기억해 주시오."

직접적으로 봉인된 말은 아니지만
기억해 달라는 의미적 요청은 곧 두려움의 다른 이름이기도 하다.
잊히고 싶지 않다는 갈망, 사라지지 않고 싶다는 인간의 본능.
그 거대한 캡슐 안에는 기록과 유물 600점이 들어갔다고 한다.
하지만 진짜로 묻힌 것은 그러한 기록과 유물이 아니라

그 시대를 살던 사람들의 떨림이었을 것이다.

누군가는 사랑했고, 누군가는 상처받았으며,

누군가는 꿈을 이루지 못한 채 하루를 견뎠다.

그 모든 평범한 날들이 동종 속 어둠에 함께 잠들어 있다.

당시 서울시는 이 동종 모형 100개를 각계 인사들에게 나누어주었다

문득 생각되는 것은 왜 사람들은 원본이 아니라 모형을 곁에 두려 했을까.

아마도 인간은 자신의 삶 역시 거대한 시간 속 '모형'일 뿐임을

어렴풋이 알고 있기 때문인지도 모른다.


당시 나의 형님이 이 "서울 1,000년 타임캡슐" 사업의 총괄책임자이셨다.

작년(2025년 가을)에 형님은 자신이 보관하고 계셨던 이 동종 모형 하나를

나에게 넘겨주시면서

"이건 고서를 수집하는 네가 지니는 게 가장 어울린다." 라고 하셨다.

그 말은 마치 시간의 성문이 잠시 열리며 들려온 음성처럼 느껴졌다.

나는 그 모형을 회사 방 한켠에 두었다.


가끔 그 앞에 앉으면 나는 400년 뒤의 인간과 세상을 상상한다.

그들은 우리보다 더 오래 살까.

기계와 공존하며 감정을 알고리즘으로 분석할까.

혹은 기억을 데이터로 저장해 죽음마저 수정 가능한 변수로 다룰까.

그러나 아무리 기술이 정교해진다 한들 한 가지는 변하지 않을지도 모른다.

인간이란 끝내 이해받고 싶어 하는 존재라는 사실.

타임캡슐은 금속으로 만든 물체이지만 그 본질은 질문이다.

"너희는 우리를 어떻게 해석할 것인가?"
그날, 2394년의 누군가가 흙을 걷어내고 봉인을 푸는 순간,
그들의 눈에 비친 우리의 시대는 어떻게 보일까,
미개해 보일까, 순수하게 보일까, 아니면 애틋하게 보일까.

그러나 더 근원적인 질문은 이것이다.
그들이 캡슐을 열 때, 우리는 정말 사라져 있을까?
인간은 육체로만 존재하지 않는다.
기억 속에서, 언어 속에서, 기록 속에서 끊임없이 다시 태어난다.
그러니 그 캡슐은 서울이라는 도시의 기록이 아니라
인간이 시간에 저항하는 방식의 상징이다.
우리는 모두 보이지 않는 타임캡슐 하나씩을 품고 살아간다.
누군가는 자식의 기억 속에, 누군가는 한 권의 책 속에,
누군가는 이름 모를 사진 한 장 속에 자신을 묻는다.
400년 뒤가 아니어도 좋다.
단 한 사람의 마음속에라도 우리가 남는다면 그것으로 충분한지도 모른다.

그래서 나는 오늘도 그 작은 동종 모형 앞에 앉아 생각한다.
타임캡슐이 열리는 날은 사실 미래가 과거를 만나는 날이 아니라,
존재가 존재를 확인하는 날이라는 것을.
그리고 그 순간, 우리의 흔적은 물건이 아니라 한 줄의 숨결로 읽히기를.

"그들도 우리처럼 사랑했고, 두려워했고,
끝내 의미를 찾으려 애썼던 존재였다."

# 출판도시의 가을, 삶을 넘기다

나는 점심을 먹지 않는다.
대신 그 시간에 몸을 밖으로 데리고 나간다.
허기를 채우는 대신, 하루의 숨을 고르는 시간이다.
출판도시의 가로수가 늘어선 회동길을 지나
심학산 자락으로 스며드는 소로를 따라 천천히 걷는다.
왕복 사십여 분, 그 길이는 짧지만 마음이 머무는 시간은 늘 그보다 길다.

가을빛이 스며든 길 위에는 상수리나무잎이 겹겹이 내려앉아 있다.
이 도시의 가로수는 유독 상수리나무가 많다.
묵직하고 쉽게 바스러지지 않는 잎사귀들. 바람에 요란하게 흩날리기보다
제 무게로 땅에 눕는 나무의 태도.
그 잎들이 책의 페이지처럼 포개져 있어 나는 걸음을 옮길 때마다
마치 세월이 쓴 문장을 한 장 한 장 넘기는 기분이 든다.

발밑에서 바스락거리는 소리는 낙엽의 소리이기도 하지만
시간이 스스로를 정리하는 소리처럼 들린다.
이 길은 늘 조용하지만 침묵은 비어 있지 않다.

수많은 문장과 생각들이 말없이 오간 자국으로 가득하다.


파주 출판도시의 건물들은 하나같이 예술의 멋스러움을 품고 있다.

기능을 넘어서 사유를 담으려 한 흔적들.

건축이 단순한 구조물이 아니라 사유의 그릇이 될 수 있음을

이곳은 조용히 증명한다.

국내외 건축가들이 남긴 선과 곡선들은 누군가의 주장이라기보다

오래 사유한 끝에 남은 침묵에 가깝다.

벽은 말이 없지만 그 침묵 속에는 태도가 있다.

과시하지 않으면서도 깊고,

날카롭지 않으면서도 단단한 태도.

나는 그 건물들 사이를 걸으며 문장이 공간이 될 수 있고

공간이 다시 문장이 될 수 있음을 배운다.

책과 건축, 가을 그리고 침묵.

이곳의 공기는 그 모든 것이 서서히 섞여 만들어낸 한 편의 사유(思惟) 같다.

누군가의 생각이 누군가의 생각과 겹치고

그 위에 다시 시간이 내려앉아 하나의 풍경이 된 자리.


나는 이 길을 걸으며 자주 생각한다.

책과 함께 살아온 시간들이 내 삶의 뼈대를 만들었다는 것을.

수많은 문장을 읽고, 고치고, 버리고, 다시 쓰는 동안

나는 세상을 서두르지 않는 법을 배웠다.

정답보다 질문을 오래 붙드는 법을,

결론보다 망설임을 존중하는 법을…,

그 덕분에 내 삶은 아주 대단하지는 않았을지라도
적어도 아름답고, 무엇보다 행복했다.
행복이란 더 많이 가지는 것이 아니라
이미 가진 것 속에서 머물 수 있는 능력이라는 걸
나는 책들로부터 배웠다.

이제 내 생도 가을처럼 천천히 저물고 있다.
하지만 저문다는 것은 사라짐이 아니라
빛의 온도를 낮추는 일일지도 모른다.
눈부심을 거두고 대신 윤곽을 또렷이 드러내는 시간.
멀리까지 밝히기보다 가까운 것을 깊이 보는 계절.
나는 더 이상 서두르지 않고 넘치려 하지 않는다.
가을의 빛으로 지나온 길을 한 번 더 바라보고
남아 있는 것들의 의미를 조용히 헤아린다.

다만 바라는 것이 있다면,
내 삶의 마지막 석양녘이 이 거리를 닮은 쓸쓸함에 그치지 않기를…
쓸쓸하되 공허하지 않고, 고요하되 외롭지 않으며,
그 쓸쓸함 속에서 은은히 피어나는 아름다움과 닮아 있기를 소망한다.

상수리나무잎이 제 무게로 땅에 내려앉듯,
나 또한 요란한 작별이 아니라 조용한 감사로 이 길을 건너고 싶다.
오늘도 점심 대신 걷는 이 시간은
내 삶이 아직 사유의 한가운데에 있음을 확인하는 작은 의식이다.

# 이 언덕과 저 언덕의 차이

"아제아제 바라아제…."
가자, 가자, 저 깨달음의 언덕 피안으로 가자.
아내가 한복 패션모델로 나선다 하여 찾은 신촌 봉원사의 가을 오후.
행사 개회식에서 울려 퍼지는 스님들의 독경 소리가
산문을 넘어 숲으로 번지고 있었다.
스님들의 목탁 소리와 함께 이어지는 반야심경의 운율은
단순한 낭송이 아니라 오래된 강물처럼 유장하게 흘러
사찰의 공기와 가을 햇살,
그리고 사람들의 경건함 위에 겹겹이 내려앉았다.
그중에서도 마지막 구절,
"아제아제 바라아제 바라승아제 모지사바하."
그 소리는 이상하게도 귀를 스치고 지나가지 않고
가슴 어딘가에 멈춰 오래 맴돌았다.

나는 불교 신자는 아니다.
하지만 독실한 불교 신자셨던 어머니의 영향으로 불교적 정서가 가득하다.
그래서인지 오래전부터 반야심경의 짧고도 압축된 문장들에 매혹되어

전문을 외우고, 관련 서적을 뒤적이며 그 의미를 더듬어본 적이 있다.

260여 자 남짓한 경전 속에

인간의 고통과 존재의 본질, 세계의 허망과 자비의 가능성이

놀랍도록 단단히 접혀 들어 있다는 느낌을 받았기 때문이다.

그날 봉원사 숲에서 들은 독경은 종교적 의식의 소리라기보다

내 안에 오래 묻어둔 질문을 다시 꺼내는 종소리 같았다.

우리는 어디로 가고 있는가.

우리가 건너야 할 강은 과연 어디에 있는가.


부처는 말한다.

색즉시공 공즉시색.

형태 있는 모든 것은 공하고, 공은 다시 형태를 이룬다고.

마음이 곧 세계이고, 세계가 곧 마음이라는 말도 결국 같은 뜻일 것이다.

그렇다면 우리가 피안이라 부르는 저 언덕은

죽음 이후에야 도달하는 초월의 나라가 아니라

마음의 눈이 열릴 때 스스로 드러나는 자리 아닐까.

세상이 바뀌어서 평안해지는 것이 아니라 세상을 바라보는 시선이 바뀔 때

같은 풍경이 전혀 다른 의미로 다가오는 것처럼.

우리가 겪는 기쁨과 상처, 사랑과 집착도

영원히 고정된 실체가 아니라 한때 머물다 사라지는 것일 뿐이라는 자각.

그 자각이 고통을 없애주지는 않지만

고통에 붙잡히지 않게 해주는 힘이 되는 순간,

이미 우리는 이 언덕에서 저 언덕으로 한 발 건너간 셈인지도 모른다.

사람들은 말한다.

"개똥밭에 굴러도 이승이 낫다"고.

그 말에는 삶에 대한 집요한 애착과 떠나고 싶지 않은 인간적 미련이 담겨 있다.

맞는 말이다. 이승은 고통스럽지만 동시에 아름답다.

슬픔이 깊은 만큼 기쁨도 깊고, 상실이 큰 만큼 만남도 귀하다.

그러나 불교에서 말하는 피안은 이승을 버리고 도망치는 세계가 아니다.

고통을 지우는 공간이 아니라 고통을 바라보는 태도가 달라지는 자리다.

같은 모욕을 당해도 누군가는 분노를 쌓고 누군가는 연민을 배운다.

같은 실패를 겪어도 누군가는 원망을 키우고 누군가는 성찰을 얻는다.

그 작은 차이가 이 언덕과 저 언덕을 가르는 경계일지 모른다.


삶은 강물과 닮았다.

돌부리에 부딪치며 물살이 거칠어지기도 하고

어둠 속을 흘러가며 방향을 잃은 듯 보이기도 한다.

그러나 물은 결국 멈추지 않고 흐른다.

흐르며 스스로를 닳게 하고, 닳으며 길을 만든다.

상처는 사라지지 않지만 그 상처를 바라보는 시선이 달라질 때

상처는 더 이상 나를 규정하지 않는다.

피안은 도착지가 아니라 태도라면, 우리는 매 순간 그 경계 위에 서 있는 셈이다.

한 생각을 붙잡느냐 놓느냐,

한 마디를 삼키느냐 내뱉느냐,

한 번 더 이해하느냐 끝내 미워하느냐.

그 사소한 선택들이 모여 우리의 세계를 바꾼다.


행사장은 많은 사람들로 붐비고 화려했다.
아내는 궁중예례복을 입고 왕비가 되어 무대 위에 섰다.
그 모습을 멀리 지켜보면서 깨달은 건
깨달음은 번개처럼 내리치는 극적인 순간이 아니라
지금 내 앞의 사람을 온전히 바라보는
조용하고 맑은 눈빛일지도 모른다는 것을.


생각이 깊어지는 동안
스님들의 독경 소리가 바람에 실려
사찰 뒤편 숲속으로 달아나고 있었다.

# 문명의 속도와 마음의 시간


나는 운전을 하지 못한다.

면허증이 없을 때 친구들이 천연기념물이라 놀려댔다.

꼭 그래서는 아니지만 10여 년 전 큰 맘 먹고 운전면허증을 갖게 되었는데

또 친구들이 놀려댔다.

면허증 반납할 나이에 뭐 하러 땄냐고.

암튼 이래도 바보 저래도 바보가 된 셈이다.

가끔 내가 옳게 살고 있는가, 그런 생각 앞에 오래 서 있게 된다.

나는 분명 도시의 한복판에 살고 있으면서도,

마음 한구석에는 여전히 '촌놈'의 생각을 간직한 채 살아간다는 사실을.

아스팔트 위를 걷고, 고층 건물의 그늘을 지나며 살지만

내 속의 시간은 여전히 흙길의 속도로 흐른다.


내가 손수 자동차를 몰지 않아도 세상은 나를 태워 나른다.

전철은 정해진 궤도를 따라 나를 데려가고, 버스는 묵묵히 정류장을 세며

하루를 실어 나른다.

주말이면 아내가 운전대를 잡고, 필요하면 택시가 와서 목적지까지 나를

내려놓는다.

이렇게 많은 이동의 방식이 있는데 왜 우리는 '운전하지 않으면 어딘가 뒤처진 사람'이 된 것처럼 느끼게 되었을까.
속도를 소유하지 않으면 자유롭지 못하다고 믿게 된 건 언제부터였을까.

내 친구 중에는 아직도 휴대전화조차 없는 사람이 있다.
사람들은 그를 불편하다고 말하지만 정작 그는 조금도 불편해 보이지 않는다.
기다릴 줄 알고, 약속이 어긋나는 것도 삶의 일부로 받아들이는 사람.
세상과의 연결이 느린 대신 자기 자신과는 끊임없이 연결되어 있는 사람.

나 역시 크게 다르지 않다.
불편한 건 사실 나 자신보다 나로 인해 누군가가 불편해한다는 사실이다.
문명은 개인의 불편을 최소화했지만, 동시에 타인의 시선을 끊임없이 의식하게 만들었다.
우리는 각자의 속도로 살 자유를 얻는 대신 서로의 속도를 감시하는 법을 배워버린 건 아닐까.

우리에게는 '약속된 불편 속의 평온'이라는 것이 있다.
느리지만 예측 가능한 하루,
서두르지 않아도 되는 마음의 여백.
그러나 세상은 점점 더 빨라지고, 편리함은 미덕이 되었으며,
느림은 변명이 필요해졌다.
속도는 기술의 언어이지만 마음은 결코 그 언어를 완벽히 습득하지 못한다.

몸은 앞서 달리는데 마음은 아직 출발선 근처에 머물러 있을 때,
우리는 이유 없는 피로를 느낀다.
그 피로는 게으름이 아니라 존재가 스스로를 따라가지 못할 때 생기는 균
열이다.

한때 우리는 과학이 인간을 자유롭게 만들 것이라 믿었다.
그러나 지금의 과학은 '선택하지 않아도 되는 삶'을 약속하며 우리의 선택
능력 자체를 서서히 약화시키고 있는지도 모른다.
편리함은 삶을 가볍게 만들었지만, 그만큼 삶의 무게를 느낄 기회를 빼
앗아 갔다.

나는 여전히 자연으로의 귀환을 꿈꾼다.
불빛이 적은 곳, 소리가 낮고 밤이 어두운 곳.
그곳에서는 말이 줄어들고 침묵이 다시 의미를 갖는다.
타인의 목소리가 희미해질수록 비로소 자기 자신의 목소리가 또렷해진다.

자연은 우리에게 효율을 요구하지 않는다.
잘 살아야 할 이유를 증명하라고 묻지 않는다.
그저 존재하는 것만으로 충분하다고,
살아 있다는 사실 자체가 이미 완성이라고 조용히 말해준다.
문명이 발전할수록 우리는 더 많은 것을 얻었지만 어쩌면 더 많은 것을 잃
어가고 있는지도 모른다.
잃어버린 것은 물건이 아니라
머뭇거릴 권리,

되돌아볼 시간,
쓸모없어 보이는 생각들,
그리고 아무 목적 없는 하루의 오후다.


그렇다면 묻게 된다.
이렇게 빠르게 흘러가는 세상 속에서 우리 인간의 마음은 과연 어디로
가고 있는가.
앞으로 나아가고 있는가,
아니면 따라잡히지 않기 위해 스스로를 비워버리고 있는가.
어쩌면 삶의 본질은 더 많은 것을 소유하는 데 있지 않고,
더 적은 것에도 충분히 머무를 수 있는 능력에 있는지도 모른다.
나는 오늘도 도시 한가운데서 그 느린 능력을 잃지 않기 위해
조심스럽게 숨을 고른다.

# 정상보다 깊은 자리

때로 스스로에게 묻는다.

너는 얼마나 더 행복해졌는가.

젊은 날의 나는 행복을 늘 위쪽에서 찾았다.

더 높은 자리, 더 또렷한 이름, 더 많은 성취.

계단을 오르듯 인생을 계산했고,

정상에 가까워질수록 삶은 더 완성에 가까워질 것이라 믿었다.

그러나 세월은 조용히 내 생각의 결을 바꾸어 놓았다.

높음이 곧 충만은 아니라는 것,

오를수록 바람은 거세지고 빛은 강해질수록 그림자 또한 짙어진다는 것을.

정상은 언제나 좁다.

오래 머무를 수 없는 자리.

잠시 서서 사방을 둘러볼 수는 있어도 거기서 삶을 펼쳐 살 수는 없다.

높은 곳의 공기는 맑지만 차갑고, 환호는 잠깐이지만 고독은 길다.

박수는 사라지고, 자신의 숨소리만 또렷해지는 순간이 찾아온다.

그때 비로소 묻게 된다.

나는 어디를 향해 이토록 숨 가쁘게 달려왔는가.

바다는 어떻게 이루어지는가.
높은 곳의 물이 낮은 곳으로 흘러 작은 시냇물이 강을 이루고
그 강이 마침내 스스로를 낮추어 바다에 이른다.
바다는 낮기 때문에 크다.
모든 물을 거부하지 않고,
탁한 것조차 스스로의 깊이로 품어 다시 맑게 순환시킨다.
파도는 겉에서 요동쳐도 심연은 좀처럼 흔들리지 않는다.
깊이는 소리를 내지 않지만 세상의 모든 강을 받아 안는다.
낮음은 결코 작음이 아니다.
그것은 받아들일 수 있는 힘이며, 흘러드는 것들을 밀어내지 않는 넉넉
함이다.
사람도 그렇다.
낮아질 때 비로소 들리는 소리가 있다.
타인의 진짜 말, 세상의 미세한 숨결,
그리고 무엇보다도 자기 안에서 오래 묻혀 있던 고요한 음성.

낮은 자리는 조용하다.
그 조용함 속에서 우리는 불필요한 욕망의 먼지를 털어내고
비로소 자신과 마주 앉는다.
높음이 빛이라면 낮음은 뿌리다.
빛은 눈을 끌지만 뿌리는 생을 지탱한다.
눈부신 순간은 짧지만 보이지 않는 뿌리는 사계절을 견딘다.
세상은 여전히 위를 향하라 말한다.
더 빠르게, 더 높이, 더 멀리.

그러나 삶은 아래로 흐르며 완성된다.

내려놓을 줄 알 때,

비워둘 줄 알 때,

우리는 비로소 넓어진다.

쥐고 있던 것을 풀어야 비로소 두 손이 자유로워진다.


나이 들어 이제 이제사 조금 알 것 같기도 하다.

행복은 소유의 총량이 아니라 흐름의 방향에 있다는 것을.

더 많이 갖는 데 있지 않고 덜 흔들리는 데 있다는 것을.

무엇이 더해져서가 아니라 무엇이 빠져나가도 무너지지 않는 자리,

그 고요가 행복에 가깝다는 것을.

그래서 나는 다시 묻는다.

행복은 오름의 끝에 있는가.

아니면 모든 것을 흘려보내고도 고요히 남아 있는 마음의 깊이에 있는가.

어쩌면 진정한 충만은 무엇을 더 쌓는 데 있지 않고,

무엇이 와도 흔들리지 않는 그 낮고 깊은 자리에서

조용히 숨 쉬는 능력에 있는지도 모른다.

오늘 나는 또 한 걸음 낮아지기를 배운다.

비우되 공허하지 않고, 작아지되 위축되지 않고,

고요하되 메마르지 않기를 바라면서.

바다처럼 깊고 넓고 묵묵하게.

# 고향은 땅인가, 마음인가

11월 이맘때면 울산 태화강변에서는 연어 축제가 열린다.
부화되어 바다로 떠난 연어들이 몇 해를 돌아
다시 알을 낳기 위해 자신이 태어난 강으로 거슬러 오기 때문이다.
은빛 비늘을 번뜩이며 물살을 거스르는 그 몸짓을 바라보고 있노라면
저 작은 생명 안에 깃든 길의 기억이 경이롭다.

연어는 알에서 깨어나는 순간부터 이미 하나의 방향을 품고 태어난다.
광활한 바다를 건너 수많은 포식자를 피해 살아남고,
마침내 몸 어딘가에 새겨진 미세한 물빛의 기억을 따라
처음 숨을 쉬었던 강으로 되돌아온다.
그 여정은 본능이라 부르기에는 지나치게 숭고하고,
운명이라 하기에는 지나치게 정확하다.
마치 처음부터 끝까지 하나의 원을 알고 있었다는 듯.

수구지심(首丘之心).
여우도 죽음에 이르면 태어난 언덕을 향해 머리를 둔다 한다.
살아온 시간의 끝에서 가장 처음의 자리로 고개를 돌리는 마음.

그것은 단순한 회귀가 아니라
자신이 어디에서 비롯되었는지를 확인하려는 마지막 몸짓이다.
짐승들조차 그러하다면 인간은 어떠한가.
우리는 살아가며 수많은 도시를 지나고 여러 집을 짓고, 많은 이름을
얻는다.
그러나 마음 깊은 곳에는 언제나 '고향'이라는 두 글자가 작은 씨앗처럼 박
혀 있다.
잊은 듯 살아도, 그 씨앗은 어느 계절에 문득 싹을 틔운다.

고향은 우리가 실제로 태어난 땅이다.
처음 울음을 터뜨렸던 방,
마루 끝에서 바라보던 들녘,
저녁마다 연기가 피어오르던 골목.
어머니의 부엌 냄새,
아버지의 발자국 소리,
친구와 뛰놀던 개울물의 촉감.
그 모든 것이 흙처럼 굳어 우리 존재의 기초가 된다.

그러나 고향은 그것만이 아니다.
우리가 태어나기 이전, 말과 이름이 붙기 전의 어떤 근원.
설명할 수 없지만 왠지 그리운, 처음이면서도 기억나지 않는 자리.
마치 연어가 바다를 헤엄치면서도 강물의 냄새를 잊지 않듯이,
우리 또한 이 세상에 오기 전의
어떤 빛의 근원을 은밀히 그리워하는 것은 아닐까.

그래선지 때로는 고향 땅에 서 있어도 그리움은 완전히 해소되지 않는다.
흙을 밟고 옛집을 바라보면서도 어딘가 모자란 듯한 허전함이 남는다.
그리움의 대상은 단지 장소가 아니라 시간이고,
더 깊이 들어가면 존재의 근원이기 때문이다.

우리는 멀리 떠나기 위해 태어난 듯 보이지만
실은 더 깊은 곳에서 돌아갈 이유를 품고 살아간다.
도시의 빌딩 숲 사이에서도, 낯선 나라의 차가운 공기 속에서도
문득 가슴이 젖는 순간이 있다.
설명할 수 없는 향수.
그것은 단지 시골집의 흙냄새만이 아니라 우리가 한때 속해 있었던
어떤 근원적 품을 향한 기억일지도 모른다.
실재의 고향은 우리의 몸을 만들었고,
근원의 고향은 우리의 영혼을 불러낸다.
하나는 흙과 물과 사람의 얼굴로 이루어졌고,
다른 하나는 말로 형언할 수 없는 빛과 고요로 이루어졌다.
그러나 둘은 서로를 비추며 하나의 원을 완성한다.
연어가 강물을 거슬러 오르듯 우리 또한 세월을 거슬러
보이지 않는 근원으로 향하고 있는 것은 아닐까.
돌아감은 패배가 아니라 자신을 가장 깊이 이해하는 행위다.
처음의 자리로 향할 때 비로소 우리는 자신이 어디에서 왔는지를 알고,
어디로 가야 하는지를 어렴풋이 깨닫는다.
그래서 고향은 끝내 놓을 수 없는 향수다.
태어난 땅이든, 태어나기 전의 빛이든,

그곳은 우리 존재의 원점이기 때문이다.

떠남과 돌아옴이 서로를 안고 천천히 원을 그릴 때,

인생은 비로소 하나의 완성에 가까워진다.

어쩌면 우리는 모두 각자의 태화강을 품고 그 물빛 기억을 따라 조용히,

그러나 분명히되돌아가고 있는 중인지도 모른다.

## '엄마' 그 한 단어가 품고 있는 그리움과 부채

방송을 보며 내내 눈물이 났다.
해외 입양인들이 부모를 찾는 과정을 따라가는 다큐멘터리였다.
자신을 보낸 한국을 다시 찾은 한 사람이
삶에서 비어 있던 한 장(章)을 찾아가는 여정.
그는 오래전 머물렀던 입양 기관을 찾고,
아직 눈도 제대로 뜨지 못한 아기들을 바라본다.
그 작은 얼굴들 위에서 자신의 시작을 본다.
누군가의 품에 잠시 안겨 있다가 어떤 사정 속에서 손을 놓아야 했던
그 짧고도 영원한 출발.
그들이 옛날의 자신처럼 입양을 기다리는 아기들을 안아보며 흘리는 눈
물은 단순한 회한이나 동정이 아니다.
그것은 '잃어버린 시간'을 손끝으로 더듬어보려는 시도이며,
자기 존재의 뿌리가 어디에서 끊어졌는지를
몸으로 기억해 내려는 작은 몸부림이다.

다른 언어, 다른 이름, 다른 풍습 속에서 자랐지만
그들 마음 깊은 곳에는 아무도 번역할 수 없는 하나의 빈칸이 있다.

그 빈칸은 혈육의 얼굴을 향해 있고,
한 번도 불러보지 못한 '엄마'라는 음절의 그림자를 닮아 있다.
'엄마'
그 한 단어가 품고 있는 체온과 냄새, 젖은 손길과 낮은 목소리.
그것은 단순한 호칭이 아니라 존재의 근원에 닿는 가장 원초적인 부름이다.
부르지 못한 이름은 상처가 되어 평생을 따라붙고,
한 번도 안겨보지 못한 품은 상상 속에서 더 또렷해진다.

우리는 어떠한가.
피를 나눈 부모 밑에서 사랑을 받고, 형제와 다투고 화해하며,
평범한 식탁을 둘러앉아 밥을 먹으며 자라온 우리의 일상.
어머니의 잔소리를 듣고, 아버지의 침묵을 견디고,
형제의 어깨를 빌려 울던 날들.
그 일상이 얼마나 당연했고, 얼마나 무심히 지나갔는지.
만약 우리가 그들의 빈칸을 이해하려 한다면
그 이해의 깊이는 과연 어디까지 닿을 수 있을까.
'엄마'라는 단어를 마음껏 불러본 사람과
가슴 속에서만 맴돌게 한 사람 사이의 거리.
그 간극은 생각보다 멀고, 말로는 쉽게 메울 수 없다.

입양인의 여정은 단지 가족을 찾는 일이 아니다.
그것은 자신이 누구인지 묻는 가장 근원적인 철학의 문을 여는 행위다.
'나는 어디에서 왔는가.'

이 질문은 철학서 속 문장이 아니라
자신의 살과 뼈로 체험해야 하는 절박한 물음이다.
우리는 흔히 정체성을 성취와 선택에서 찾는다.
그러나 그들은 먼저 끊어진 자리에서 출발해야 한다.
어디에서 시작되었는지 모르는 삶은 끝을 향해 걸어가면서도 늘 한쪽이 비어 있다.
때로는 부모를 만나지 못하고, 때로는 너무 늦게 도착하고,
때로는 아무 흔적도 남지 않은 과거와 마주한다 해도 그 길은 헛되지 않다.
그 길 위에서 그들은 자신이 끊어진 지점을 확인하고,
그 자리에서 다시 스스로를 이어 붙인다.

그러나 이 이야기는 개인의 서사에 그치지 않는다.
그들의 눈물은 한 시대가 남긴 선택의 결과이며,
우리가 함께 짊어져야 할 역사이기도 하다.
누군가의 삶이 비어 있었다면 그 빈칸은 사회의 기억 속에도 남아 있어야 한다.
우리가 던져야 할 질문은 하나다.
그들이 찾고자 하는 처음의 자리,
그들의 근원적 정체성을 위해 우리는 무엇을 기억하고 무엇을 책임질 것인가.
엄마라는 원천적 그리움.
그 부름이 단지 개인의 감상이 아니라
인간 존재의 가장 깊은 바닥에서 울리는 음성이라면,
우리는 그 울림을 가볍게 흘려보내서는 안 된다.

우리에게 너무도 익숙했던 사랑이

누군가에게는 평생을 찾아 헤매는 질문이었음을

조금은 더 오래 생각해야 하지 않을까.


방송이 끝난 뒤에도 그들의 눈물이 쉽게 잊히지 않았다.

나는 조용히 내 삶의 당연함을 돌아본다.

그리고 묻는다.

우리가 누리고 있는 이 평범한 사랑을 과연 얼마나 깊이 알고 있었는지,

그리고 그 빈칸을 안고 살아가는 이들을 위해

우리는 무엇을 더 할 수 있는지….

# 음악, 영혼을 건드리는 빛

영혼을 막무가내로 흔들어 놓는 것이 또 있을까.

특히 인간의 목소리로 신의 영역을 건드리는 것 같은 노래는 더욱 그렇다.

노래는 어쩌면 인간이 스스로에게 건네는 가장 원초적인 질문인지도 모른다.

언어로는 끝내 닿지 않는 마음의 바닥,

그 깊고 투명한 곳을 가만히 흔들어 깨우는 방식이 바로 노래이기 때문이다.

우리는 음악을 '듣는다'고 말하지만,

어쩌면 음악이 우리를 듣고 있는지도 모른다.

그 울림 앞에서 감정은 숨을 곳을 잃고, 영혼은 변명 없이 드러난다.

특히 인간의 목소리는 신비롭다.

악기는 인간의 손끝에서 소리를 빌려오지만,

목소리는 인간 그 자체가 울림이 된다.

살과 호흡과 떨림이 곧 소리가 되는 순간,

우리는 한 존재의 깊이를 통째로 마주한다.


방송 무대 위 〈싱어게인〉 출연자들의 노래가 그랬다.

클래식의 정제된 울림에서부터
판소리의 골짜기처럼 깊은 한(恨)에 이르기까지,
각기 다른 길을 지나온 목소리들이 한순간 같은 하늘 아래 모여 섰다.
나는 새삼 깨달았다.
한 인간의 목소리가 어디까지 빛날 수 있는지,
그리고 그 빛이 얼마나 투명하게 영혼을 비출 수 있는지를.

심사위원이 말했다.
"노래는 노래하는 사람의 것이다."
그 말은 단순한 칭찬이 아니라 노래의 본질을 가리키는 선언처럼 들렸다.
악보는 종이 위에 있지만, 노래는 종이 위에 머물지 않는다.
작곡자가 곡을 써서 세상에 던져 놓는 순간,
그것은 아직 완성되지 않은 질문일 뿐이다.
그 질문에 생을 불어넣는 사람은 가수다.
같은 멜로디, 같은 가사라도 누가 부르느냐에 따라 전혀 다른 세계가 열
린다.
어떤 이는 담담하게 고백하고,
어떤 이는 절규하듯 쏟아낸다.
어떤 목소리는 빛처럼 스며들고,
어떤 목소리는 칼날처럼 가슴을 베어낸다.
가수의 감정, 호흡, 미세한 떨림과 멈춤,
그 모든 것이 곡을 다시 태어나게 한다.

그래서 노래는 두 번 창조된다.

한 번은 작곡가의 손에서, 또 한 번은 가수의 영혼에서.

작곡가는 길을 만들고, 가수는 그 길 위를 걷는다.

그러나 걷는 방식에 따라 길의 풍경은 완전히 달라진다.

같은 노래가 어떤 날에는 위로가 되고,

어떤 날에는 견딜 수 없는 슬픔이 되는 이유도 거기에 있다.

노래는 고정된 사물이 아니라 부르는 이의 체온을 입는 생명이다.

가수가 진심으로 자신의 상처를 꺼내놓을 때 노래는 살아 숨 쉬고,

기교만 남을 때 그 노래는 아름다울 수는 있어도 깊이 울리지는 못한다.

그래서 어떤 노래는 듣는 이의 내면을 조용히 여는 열쇠가 되고,

또 어떤 노래는 감춰두었던 슬픔을 한순간에 무너뜨리는 파문이 된다.


노래는 기술의 산물이 아니라 존재의 증언이다.

가수는 악기를 연주하는 사람이 아니라

잠시 자신의 영혼을 세상 밖으로 꺼내 보이는 사람이다.

경연이 끝난 뒤에도 그 여운은 쉽게 가라앉지 않았다.

무대의 조명이 꺼졌는데도 어딘가에서 계속 울리고 있는 것 같은 잔향.

문득 이런 생각이 스쳤다.

내가 노래를 듣고 있었을까,

아니면 노래가 나를 듣고 있었을까.

그리고 또 하나의 질문.

그 노래는 과연 누구의 것이었을까.

작곡가의 것이었을까,

아니면 그 밤, 그 목소리로 숨을 불어넣은 가수의 것이었을까.

어쩌면 노래는 누군가의 것이 되는 순간에 비로소 완성되는지도 모른다.

부르는 사람의 것이 되고, 듣는 사람의 것이 되고,
그 사이에서 각자의 영혼을 비추는 거울이 된다.
그래서 오늘도 나는 노래 앞에서 묻는다.
이 울림은 어디에서 시작되었고,
지금 내 안의 무엇을 깨우고 있는지….

# 시간의 거리와 감정의 거리

서울에서 순천까지 스무 시간이 넘게 걸리던 시절이 있었다.

돈이 없어 완행열차를 타던 대학생 시절,

차창 밖으로 스쳐 가던 어둠과 들판은 끝없이 이어졌다.

완행열차는 시골의 작은 간이역까지 멈춰 서고

급행열차를 비켜주기 위해 가다가 멈추기를 반복하곤 했다.

나는 창에 이마를 기대고 그 느린 밤을 건너갔다.

그런데 그때는 이상하게도 그 긴 여정이 지루하다고 느껴지지 않았다.

그때의 나는 느림을 '불편'으로 해석하지 않았고,

마음의 속도 또한 철로 위의 덜컹거림과 비슷한 박자로 흘러가고 있었다.

어쩌면 그것은 가난한 청춘의 체념이었고,

선택지가 많지 않았던 시대의 담담함이었을지도 모른다.


이제는 KTX가 철로 위를 바람처럼 달려

서울에서 순천까지 2시간 40분이면 닿는다.

20시간이 2시간 40분으로 줄어든 변화는

단순한 시간 단축이 아니라 세계관의 전환처럼 느껴진다.

기술은 거리를 압축했고, 속도는 당연한 가치가 되었다.

그런데 묘하다.

물리적 시간은 줄어들었는데 사람들은 더 숨 가쁘게 산다.

여유는 늘어나지 않았고, 오히려 부족하다고 말한다.

왜일까.

시간의 속도는 기술이 정하지만 감정의 속도는 인간이 정한다.

몸은 빠르게 이동할 수 있어도 마음은 그렇게 쉽게 가속되지 않는다.

기차는 종착지를 향해 직선으로 달려가지만

감정은 여전히 굽이굽이 돌아간다.

한 풍경 앞에 오래 머물고, 어떤 기억 앞에서는 불쑥 멈춰 선다.

그런데 우리는 물리적 속도에 맞추어 감정까지 서두른다.

빨리 도착했으니 빨리 적응해야 하고,

빨리 이해해야 하고, 빨리 잊어야 한다고 스스로를 다그친다.

정보는 실시간으로 밀려오고, 메시지는 즉각 답을 요구하며,

관계 또한 빠르게 형성되고 빠르게 소모된다.

시간이 빨라질수록 감정의 소화 속도도 함께 빨라져야 한다는

보이지 않는 압박이 생긴다.

그러나 감정은 기계가 아니다.

사랑은 압축 파일처럼 줄어들지 않고, 슬픔은 버튼 하나로 삭제되지

않는다.

기쁨도 충분히 음미하지 못한 채 다음 장면으로 넘어가 버린다.

그래서 우리는 더 지친다.

시간이 부족해서가 아니라 감정을 제대로 소화할 틈이 사라졌기 때문에.

몸은 이미 목적지에 도착했는데

마음은 아직 길 위에서 천천히 걸어오고 있는 상태.
그 간극이 우리를 헐떡이게 만든다.

과거의 20시간은 이동과 감정이 같은 속도로 흘러가던 시간이었다.
기차의 느림 속에서 생각은 정리되고, 그리움은 깊어지고,
미래는 막연하지만 조급하지 않았다.
지금의 2시간 40분은 몸은 빠르게 도착하지만
감정은 여전히 완행열차처럼 움직인다.
짧아진 여정 속에서 오히려 마음의 느린 걸음이 더 또렷해진다.

고향으로 내려가는 길 위에서 나는 늘 그 사실을 다시 배운다.
기술은 시간을 단축시켰지만 마음의 거리는 단축시키지 못했다는 것.
어쩌면 우리가 다시 찾아야 할 것은 더 빠른 속도가 아니라
감정이 제 보폭으로 흐를 수 있도록 잠시 멈춰 서는 용기인지도 모른다.
시간은 계속 빨라질 것이다.
그러나 마음까지 서둘러야 할 이유는 아무도 명확히 설명해주지 않는다.
시간은 계속 앞으로 달려가는데
나는 과연 어디쯤에서 숨을 고르고 있는가.

# 분재 위에 내려앉은 세월


고향 시골집 뜰에 모과나무 분재 한 그루를 들여놓았다.

나무 농장을 운영하는 동네 형님 댁에 갔다가

너무 마음에 들어 가져온 것이다.

아마도 수십 년은 됐음직한 커다란 고목이다.

사실 나는 분재를 보면 한편으로 마음이 불편하다.

나무의 몸체와 가지를 인간이 좋아하는 모습으로 만들기 위해,

철사로 묶고 비틀어 수형(樹形)을 잡기 때문이다.

다행히도 이 나무는 그런 억지스러운 모습이 별로 없다.


우리 집에 옮겨 놓고 다시 보니

그 모습이 마치 먼 길을 떠나온 한 노승이 고향을 찾은 듯,

고요가 내려앉은 것만 같다.

수십 년, 어쩌면 백 년을 살아왔을지도 모를 그 몸뚱이는

이미 자연의 도(道)를 깊이 간직하고 있다.

동양 사상에서 나무는 '스스로 그러함',

즉 자연(自然)과 무위(無爲)의 표본으로 여겨진다.

햇살이 허용하는 만큼 자라고,

바람이 남긴 길을 따라 굽으며,
비가 닿은 만큼 뿌리를 뻗는다.
그 어떤 욕심도 서두름도 없다.
세상의 질서에 몸을 맡긴 채 '저절로 그러함' 속에서 완성되어 간다.

그러나 대부분의 분재는 그 흐름을 잠시 틀어
인간의 미감으로 재구성한 자연이다.
가지의 방향을 바꾸기 위해 철사를 감고
줄기의 성정을 바꾸기 위해 손을 얹는 일은
무위의 도에 조금 어긋난 일처럼 보인다.
인간이 자연을 거울 삼아 도를 배우기는커녕,
자연에게 인간의 모양을 강요하는 꼴이 될 수도 있기 때문이다.
그런데 오늘 들여온 이 모과나무는 여느 분재와는 다르게 느껴진다.
이미 오래전부터 바람과 비, 계절과 침묵을 스승 삼아
스스로의 도를 완성해 온 느낌이 있다.
약간의 인간 손길이 닿았다 해도 그 본성은 흐려지지 않았다.
오히려 그 묵은 기운이 작은 뜰 하나를 무심히 품어버리는 듯하다.
작아진 것은 나무가 아니라,
그 앞에 선 우리의 조급함과 욕망,
그리고 흐트러진 마음이 아닐까 싶다.

"큰 덕은 티끌처럼 드러나지 않는다"라는 노자의 말씀처럼,
화분 속에 옮겨진 고목의 덕성 또한 그렇다.
눈부시게 빛나지 않는다.

그러나 기척 없이 세월의 깊이를 흘려보내며 주변의 기운을 다스린다.

어쩌면 분재란 인간이 자연을 구부린 조형물이 아니다.

자연이 인간의 어긋난 마음을 바로 세워주는

작은 깨달음의 자리인지도 모르겠다.

흙의 냄새, 굽은 줄기의 그림자,

오래된 껍질의 주름 하나하나에

'그대로 충분하다'는 선적(禪的) 가르침이 담겨 있다.

해 질 무렵이면 나무는 길게 그림자를 늘어뜨린다.

그 그림자가 마루 끝까지 스며들면

나는 잠시 말없이 서서 그 어둠을 바라본다.

세월이란 저렇게 길게 드리워지는 것이구나,

소리 없이 그러나 분명하게.


나무는 한 번도 자기 삶을 설명한 적이 없지만

그 몸의 굴곡마다 지나온 계절이 새겨져 있다.

내년 봄이면 저 고목나무 분재에 푸른 잎이 돋고,

이어 붉은 모과꽃이 피어날 것이다.

꽃은 짧고 향은 깊을 터이다.

떨어진 꽃잎은 다시 흙이 되어 보이지 않는 뿌리 곁으로 돌아가고,

그때면 모과나무는 비로소 모과나무가 되고,

나는 비로소 내가 되지 않을까.

# 정상의 경계에서 묻다

오늘 전철을 타고 결혼식장으로 향하던 길.
붐비는 전철 안으로 역무원이 올라오더니 출입문에 기대어 서 있는 한 청년에게 말을 건넸다.
누군가 민원을 넣었다고 했다.
휴대전화에서 흘러나오는 찬송가 소리가 너무 커서 불편하다는 내용이었다.

청년은 고개를 저으며 자기는 찬송가를 틀지 않았다고 말한다.
대화가 오가는 몇 마디 사이,
나는 그가 세상의 리듬과 조금 다른 박자로 살아가는 사람임을 알아챘다.
말의 속도, 눈빛의 방향, 얼굴의 긴장.
아마도 그는 자폐 스펙트럼 어딘가에 서 있는 청년일 것이다.
역무원이 내리자마자 그는 다시 휴대전화로 노래를 틀었다.
그리고 아무도 신경 쓰지 않는 공간 한가운데서 어느 개그맨의 춤과 비슷한, 가랑이를 좌우로 흔드는 춤을 추기 시작했다.
그 모습은 웃음을 자아내게 하면서도 묘하게 귀여웠고,
동시에 가슴 한켠을 아리게 했다.

그는 누구의 시선도 의식하지 않았다.
오직 자기 안의 생각과 기쁨에 온전히 잠겨 있었다.
타인의 동의나 허락을 구할 이유도 없었다.
그저 지금 흘러나오는 노래와 리듬에 자신을 맡길 뿐이었다.
그 순간 문득 이런 생각이 들었다.

'우리는 정말로 누가 더 행복한 쪽일까.'
사회가 정해 놓은 정상의 기준을 하루에도 수십 번 의식하며
남의 눈을 살피고, 소리를 낮추고, 감정을 접어두는 우리와
자기 안의 세계를 조금도 의심하지 않고 살아가는 그 청년 중에서 말이다.

그러나 곧 그의 부모의 얼굴이 떠올랐다.
아마도 이 세상 누구보다 그의 웃음이 귀하고 기쁨이 소중하면서도,
동시에 누구보다 깊은 아픔을 간직한 사람들일 것이다.
아이의 미래를 걱정하고,
때로 세상이 아이에게 던지는 시선과 차가운 말들을 감내해야 하는 날들.
자기 안의 행복은 청년의 것이지만,
그 행복을 지키기 위해 부모는 자기 삶의 많은 부분을
내려놓았을지도 모른다.
그래서 이 장면은 마냥 아름답기만 한 풍경이 아니라,
빛과 그림자가 동시에 드리운 삶의 단면처럼 느껴졌다.

우리는 흔히 정상과 비정상을 나눈다.
말과 행동의 방식, 감정의 표현이 다수의 기준에 맞는가를 잣대로 삼아

사람을 구분한다.

그러나 그 기준은 언제나 편의를 위해 만들어진 선일 뿐,

삶의 깊이를 재단할 자격까지 갖고 있지는 않다.

'정상'이라는 말은 서로 불편하지 않기 위해 합의한 약속에 가깝고,

'비정상'이라는 말은 그 약속의 바깥에 있다는 표시일 뿐이다.

그 바깥이 곧 불행이나 결핍을 의미하지는 않는다.


전철 안에서 춤을 추던 청년은 자기 안에서 이미 충분히 살아 있었다.

다만 우리는 그의 방식이 우리와 다르다는 이유로 그 삶을 불편해했을
뿐이다.

어쩌면 삶이 우리에게 묻는 질문은

"누가 정상인가"가 아니라 "서로의 다름을 어디까지 품을 수 있는가"일
것이다.

그리고 행복이란 과연 사회가 허락한 형태로만 존재해야 하는가 하는 물음
일지도 모른다.


오늘 나는 한 사람의 순수한 기쁨과 보이지 않는 부모의 고통,

그리고 우리 사회가 쉽게 던지는 기준의 무게를 함께 보았다.

그들을 이해하고 감싸안는 것,

그 사실을 잊지 않으려 애쓰는 것.

아마 그것이 이 사회에서 함께 살아가는 최소한의 예의가 아닐까.

# 붙잡지 않을 때 비로소 들리는 것

흔히 집시들의 애환을 담은 곡이라 말하는
사라사테의 〈지고이너바이젠〉을 처음 들었던 순간을 나는 아직도 또렷이
기억한다.
서른을 막 넘긴 어느 날,
용산 전자상가의 한 오디오 가게 앞에서 우연히 흘러나오던 그 음악에
나는 한동안 발길을 멈춘 채 서 있었다.

그날 바이올린은 소리라기보다 하나의 '사건'처럼 다가왔다.
어둑한 공간을 부유하듯 흐르는 슬픈 선율이 내 안의 어떤 결핍을 정확히
건드렸다.
이성은 가격표를 보며 망설였지만,
이미 마음은 오래전에 결정을 끝내고 있었다.
그 자리에서 나는 당시로서는 꽤 큰돈이던, 내 월급의 두 배가 넘는 스테레
오 장비를 샀다.
그날 이후 〈지고이너바이젠〉은 나의 가장 아끼는 곡이 되었다.

출근길 지하철 안에서 오랜만에 유튜브로 이 곡을 다시 들었다.

이어폰을 통해 흘러나오는 소리는 예전보다 훨씬 차분했다.
나는 그 차분함이 연주자의 변화가 아니라,
나 자신이 나이 들었기 때문임을 알고 있다.

젊은 날의 나는 이 곡이 화려해서,
손이 빠르고 활이 예민해서 좋다고만 생각했다.
그러나 세월이 흘러 어느 날부터인가 이 곡이 느려지기 시작했다.
정확히 말하면 음악이 늦어진 것이 아니라,
내 호흡이 비로소 음악의 보폭에 닿기 시작한 것이리라.
느린 도입부에서 바이올린은 울지 않는다.
울음을 터뜨리는 대신 참는 법을 아는 사람처럼,
고개를 조금 숙인 채 말을 아낀다.

이제 나는 슬픔을 애써 표현하지 않아도 아는 나이가 되었다.
말해 보아야 알아주지 않을 슬픔은 차라리 소리 속에 남겨 두는 편이
더 오래간다는 것을 이 음악은 이미 알고 있다.
그래서 젊은 연주자는 슬픔을 표현하려 애쓰지만,
나이 든 연주자는 슬픔을 숨기려 한다고 한다.
설명해야 할 슬픔은 가볍고, 말하지 않아도 될 슬픔은 무겁기 때문이다.

곡의 중반, 갑자기 시작되는 춤은 집시들의 기쁨이 아니라
삶을 버티기 위한 필사적인 흔들림처럼 들린다.
넘어지지 않기 위해 더 크게 몸을 쓰는 법,
삶이 가르쳐준 마지막 기술 같은 것 말이다.

사람들의 지나치게 화려한 동작에는 대개 숨기고 싶은 균열이 있기 마
련이다.


젊을 때 나는 음악처럼 사람도, 시간도 붙잡을 수 있을 거라 믿었다.
그러나 이제는 안다.
붙잡으려는 행위가 대개는 두려움의 다른 이름이며,
그 무엇도 붙잡을수록 초라해진다는 것을.
그래서 나이 들어 듣는 음악은 소리를 놓아주고 사라짐을 허락한다.
그 허락 속에서 비로소 음악은 내 안으로 온전히 들어온다.


〈지고이너바이젠〉은 단순히 집시의 자유나 애환만을 노래하지 않는다.
떠돌 수밖에 없는 이유와 머물 수 없었던 대가를 함께 끌어안고 가는
선율이다.
오랜만에 이 곡을 들으며 생각한다.


'이제 나도 울지 않는 나이가 되었구나.
 그래서 더 깊이 울 수 있겠구나.'

# 목련처럼 피고 동백처럼 지다

"살아 있을 때는 목련같이 피고, 죽을 때는 동백꽃처럼 져라."

고향집에서 만난 막냇동생이 우리말에 그런 말이 있다며 들려주었다.
그 말을 듣는 순간, 마당의 두 나무를 바라보았다.
애기동백 한 그루와 백목련 한 그루.
심은 지 십 년, 이제는 집을 지키는 식구처럼 자리를 잡았다.
애기동백은 새봄이 오기 전, 아직 찬 기운이 남아 있을 때 먼저 핀다.
붉은 꽃이 소리 없이 가지에 맺혔다가
때가 되면 꽃잎을 흩트리지도 않고 통째로 뚝, 떨어진다.
그 모습에는 망설임이 없다.
더 머물지 않고, 더 붙들지 않는다.
자기 몫의 시간을 다 살았다는 듯 한순간에 자리를 비운다.
떨어진 꽃은 바닥에서도 한동안 형태를 유지한 채
조용히 제 생을 마무리한다.

목련은 그보다 조금 늦게 핀다.
하얀 꽃잎이 가지 끝에 고요한 듯 얹히면 마당 전체가 밝아진다.

멀리서 보면 마치 소복 입은 젊은 여인네가 하늘을 향해 두 손을 모은 듯하다.

사람들은 그 청초한 모습에 마음을 빼앗긴다.

피어 있는 동안의 목련은 그 자체로 한 폭의 그림이다.

그러나 지는 모습은 다르다.

바람 한 번 스치면 꽃잎이 이리저리 흩어지고,

그렇지 않아도 하나씩 떨어져 땅 위에서 검게 변해간다.

아름답게 피었기에 지는 모습은 더 적나라하게 드러난다.

그래서인지 누나가 말했다.

"목련꽃이 지면 흉하니, 다른 나무로 바꾸자."

봄이 오기 전, 수양홍도화나 오래된 철쭉으로 바꾸어 심으려는 생각도 했다.

오래 피고, 지는 모습마저 사람 마음을 해치지 않는 나무로.


그러나 문득 멈춰 선다.

이 풍경은 꽃 이야기가 아니라 결국 우리 삶의 이야기임을 깨닫기 때문이다.

우리는 어떻게 피고 있는가.

또 어떻게 질 준비를 하고 있는가.

살아 있는 동안에는 목련처럼 환하게 자기 자리를 밝히고 싶다.

누군가의 마당을 환히 비추는 그 한철의 빛으로 충분히 쓰이고 싶다.

그리고 생이 다할 때에는 동백꽃처럼 미련 없이.

붙들리지 않고, 흩어지지 않고,

말없이 그러나 단호하게.

남은 이들의 마음을 어지럽히지 않는
고요한 물러남으로.

삶의 아름다움은 오래 사는 데 있지 않다.
어떻게 피었는가,
그리고 어떻게 자리를 비웠는가에 있다.
만개한 시간에 스스로를 다 쓰고 때가 오면 자연스럽게 물러나는 것.
그것이 도(道)의 한 자락이고 무위(無爲)일 것이다.
나이 들수록 자주 생각한다.
이제는 조금씩 놓아도 괜찮지 않은가.
욕심을 덜고, 자리도 덜 차지하고,
뒤에 올 이들을 위해 가지 하나쯤 비워두는 일.

나는 그 두 나무 사이에서 인생의 마지막 태도를 배운다.
살아생전에는 목련처럼 환히 피고, 생이 다할 때에는 동백꽃 지듯
조용히, 그러나 단단하게 물러나는 것.
그렇게 살 수 있다면 자연에게도, 시간에게도
조금은 덜 빚진 채 돌아갈 수 있지 않을까.

# 떠난 자리가 아름다워야 한다

아들이 새로운 직장을 찾아 샌프란시스코를 떠나 보스턴으로 향한다고
한다.
더 나은 조건, 더 넓은 비전을 향한 기쁜 걸음이다.
젊은 날의 용기와 가능성이 그를 앞으로 밀어 올리고 있다.
부모로서 그 결단이 대견하고, 그의 앞날이 기대되면서도
마음 한편에는 잔잔한 애잔함이 인다.
익숙한 직장과 정들었던 얼굴들을 등지는 일은
아무리 밝은 선택이라 해도 언제나 작은 아쉬움을 남기기 마련이다.
익숙함이란 단순한 환경이 아니라
그가 매일을 쌓아온 시간의 결이기 때문이다.

내가 살아온 세월의 경험으로 보면 떠남의 자리에는 늘 아쉬움이 머문다.
개인 간의 관계뿐 아니라 일터에서의 집단적 인연도 마찬가지다.
함께 웃고 고민하고 성과를 나누었던 시간은
보이지 않지만 분명한 결로 남는다.
만남은 어느 날 불현듯 바람처럼 찾아오지만,
떠남은 그 사람이 지나온 시간을 한눈에 비추는 조용한 거울이 된다.

처음은 누구나 비슷하다.
긴장과 기대, 서툰 다짐으로 시작한다.
그러나 마지막은 다르다.
그가 어떤 마음으로 살아왔는지가 그대로 드러나는 장면이다.
아름답게 떠나는 이는 머물던 날보다 더 깊은 향기를 남긴다.
그의 자리는 비워져도 그가 남긴 신뢰와 배려는 오래도록 기억된다.
반대로 소란을 남기는 이는 그의 말보다 더 무거운 그림자를 남긴다.
떠남의 방식이 곧 그 사람의 품격을 말해주기 때문이다.

인연(因緣)은 우리를 한자리에 모아 서로를 비추고 배우게 한다.
그러나 길이 갈라지는 순간 그 끝을 어떻게 매듭짓는가는
화가가 한 폭의 서화에 마지막 붓끝을 올리는 일과도 같다.
가볍게 훑으면 먹은 번지고, 고요히 내려놓으면 긴 여운이 남는다.
끝맺음은 단지 마무리가 아니라 그 사람이 남기는 마지막 인상이다.
떠난다는 것은 흔적을 지우는 일이 아니다.
남겨질 이들의 마음에 상처가 닿지 않도록 말을 다듬고, 감정을 정리하며
자리를 정갈하게 비워내는 일이다.
그 속에 예의가 깃들고, 그 결 속에 신의(信義)가 담긴다.
헤어짐에 마음을 거둘 줄 아는 사람은 떠나는 순간조차 소란을 남기지
않는다.
그래서 아들에게 당부한다.
"그동안 맡아온 일을 마지막까지 성실히 정리하고 떠나거라.
함께했던 동료들에게 고마움을 전하고,
너의 자리가 비워진 뒤에도 따뜻한 기억이 남도록 하라.

사람의 도리는 만남에서 시작되지만,
그 진가는 떠날 때 비로소 드러나는 법이다.
세상은 넓어 보여도 인연은 다시 이어진다.
돌고 돌아 다시 마주할 날이 오면 너의 이름이 신뢰로 불릴 수 있도록
아름답게 매듭짓고 떠나거라."

떠남은 끝이 아니라 또 다른 시작이지만,
그 시작을 빛나게 하는 힘은 언제나 이전 자리에서의 마지막 태도에 있다.
새로운 도시의 하늘 아래에서 아들이 다시 뿌리내릴 때,
그가 남기고 온 자리에는 그를 응원하는 마음들이 남아 있지 않을까.
그리고 나는 안다.
부모의 역할이란 결국 자식을 품 안에 붙잡아 두는 일이 아니라
스스로의 길을 향해 떠날 수 있도록 조용히 등을 밀어주는 일임을.

샌프란시스코의 바람과 보스턴의 바람은 다를 것이다.
태평양의 짙은 안개 대신 대서양의 차가운 공기가 그를 맞이하겠지.
그러나 도시가 달라진다 해도
성실과 신뢰라는 뿌리는 어디서든 같은 열매를 맺는다.
언젠가 그가 또 다른 길목에 서게 될 때
오늘의 떠남을 돌아보며 미소 지을 수 있기를,
그리고 그가 남긴 자리마다
"참 괜찮은 사람이었다"는 한마디가
바람처럼 오래 맴돌기를 바란다.

# 끝내 하지 못했던 한마디

아마 예닐곱 살쯤이었을까
초등학교에 들어가기 전이었으니까,
세상이 아직 집과 마을 어귀를 넘지 못하던 시절이다.
아버지가 마을 밖으로 외출하시면 나는 낮부터 동구 밖 길 어귀에 나가 쪼
그려 앉아 아버지를 기다렸다.
해가 서쪽 산마루에 걸리고, 산그늘이 천천히 마을로 내려올 때까지
나는 그 길 끝을 한없이 바라보았다.
주인을 기다리는 강아지처럼….

흙먼지가 이는 작은 신작로,
멀리서 들려오는 발자국 소리 하나에도 가슴이 먼저 뛰었다.
혹시나 하는 마음으로 일어서고, 아니면 다시 주저앉고.
그 기다림은 어린아이에게는 하루의 전부였다.
그리고 마침내, 저 멀리에서 익숙한 걸음걸이가 보이면
나는 이내 달려가서는 아버지 품에 안겼다.
아버지는 나를 발견하시고는 늘 같은 표정으로 웃으며 두 팔을 벌리셨다.
번쩍 안아 올려주시던 그 순간, 그 품 안은 나의 온 세상이었다.

세상에서 가장 안전한 곳, 가장 따뜻한 곳이
아버지의 가슴이라는 사실을 그때 몸으로 배웠다.


내 유년의 기억 한가운데에는 언제나 아버지가 서 계신다.
아홉 남매 중에서도 유난히 나를 편애하셨던 아버지와 어머니.
그러나 생각해 보면, 그것은 아버지의 편애라기보다
내가 먼저 아버지에게 매달렸던 탓이었을지도 모른다.
열 손가락 깨물어 아프지 않은 손가락이 없다지만
분명 더 아프고 덜 아픈 손가락이 있다고 말씀하시던
다섯 딸을 둔 대학 시절 교수님의 농담이 떠오른다.
아마도 아버지께도 유난히 당신 품을 찾는 아들이
더 마음이 쓰이지 않으셨을까.


아버지는 내가 대학에 다니던 어느 날,
지금의 내 나이 즈음에 뜻하지 않은 교통사고로 갑자기 세상을 떠나셨다.
그 사건은 나의 시간을 둘로 갈라놓았다.
그 전과 그 후, 나는 아직 아들이었고,
아버지께 무엇 하나 제대로 돌려드리지 못한 채였다.
그래서 나는 단 한 번도 효도라는 것을 해본 적이 없다.
살아오며 가장 후회되는 일은 한 번도 "아버지, 사랑합니다"라고 말하지 못
했던 것,
단 한 번도 먼저 안아드리지 못한 것.
어릴 적에는 그렇게도 쉽게 안겼으면서  정작 커서는 그 한 걸음을 내딛지
못했다.

사랑은 늘 마음속에 있었지만 입 밖으로 꺼내지 못한 채
괜한 무뚝뚝함 뒤에 숨겨두었다.
남자는 말 없이 사는 거라 배웠고, 아버지 또한 엄하셨기에
우리는 서로의 마음을 굳이 말로 확인하지 않았다.
그러나 이제 말하지 않은 사랑은 전해지지 않은 것과 다르지 않다는 것을
안다.
세월이 흐를수록 고향집, 동구 밖 그 길 어귀가 더 또렷해진다.
해 질 무렵 붉게 물들던 하늘, 흙냄새 섞인 바람,
그리고 길 끝에서 다가오던 아버지의 그림자.

이제는 내가 아버지의 나이를 살아가고 있다.
문득 거울 속의 내 얼굴에서 아버지의 얼굴을 발견할 때면
가슴 한켠이 저릿하다.
나는 여전히 아버지의 아들인데,
어느새 아버지의 시간을 살고 있다는 사실이 믿기지 않는다.
아, 다시 그 길 끝에서 아버지를 마주할 수 있다면
나는 망설이지 않을 것이다.
어린아이처럼 달려가 그때처럼 아버지의 품에 안기고,
이번에는 내가 먼저 두 팔로 꼭 끌어안고 싶다.
그리고 말하고 싶다.
끝내 하지 못했던 한마디.
"아버지, 사랑합니다."

# 우리의 뒷모습은 시간을 닮는다

"뒷모습이 아름다운 사람은 앞모습도 아름답습니다."
이 말은 나와 동갑내기인 어느 교수님이
누군가 자신의 뒷모습을 찍어 보내주었다며,
"왠지 좀 짠하지 않느냐"고 말했을 때 내가 건넨 대답이었다.
겉으로는 가벼운 농담 같았지만, 사실 그 말은 외모에 대한 평이라기보다
그가 지나온 삶에 대한 존중에 가까웠다.

　·

앞모습은 준비할 수 있다.
표정을 고르고, 옷깃을 여미고, 목소리의 높낮이를 다듬을 수 있다.
누군가를 마주한 순간, 우리는 어느 정도의 연출을 허락받는다.
그러나 뒷모습은 다르다.
돌아서 걷는 순간, 자기 자신에게조차 보이지 않는 모습.
누군가 보고 있으리라 의식하지 않을 때 그 사람의 진짜 시간이 드러난다.
그래서인지 사람의 뒷모습에는 왠지 모를 애잔함과 쓸쓸함이 깃들어 있다.
어깨 위로 내려앉은 세월의 무게,
허리의 미묘한 굽음,
발끝이 땅을 디디는 방식.

그 모든 것이 말없이 이야기한다.
고향에 내려갔던 어느 아침,
안개가 자욱한 산길을 큰형님과 함께 걸은 적이 있다.
나는 무심코 휴대전화 카메라로 형님의 뒷모습을 찍었다.
사진 속 형님은 한 발 한 발, 길을 고르며 천천히 걸었다.
등은 조금 굽어졌고, 걸음은 조심스러웠다.
나중에 그 사진을 보고서 나는 한동안 말을 잇지 못했다.
형님은 늙어가고 있는 것이 아니라 자기 생의 시간을 등에 지고
걷고 있었다.
그 등에는 부모님을 떠나보낸 기억도,
자식들을 키워낸 세월도,
말없이 감당했을 무수한 선택과 책임이 얹혀 있었을 것이다.
사람의 뒷모습은 어쩌면 그가 끝내 말로 설명하지 않은 인격의 총합이다.
고개를 조금 숙인 각도에는 겸손이 배어 있고,
성급하지 않은 걸음에는 기다림의 습관이 묻어난다.

마흔이 되면 자기 얼굴에 책임을 져야 한다는 말이 있다.
나는 이제 그 말에 한 줄을 더 보태고 싶다.
어느 나이가 되면 자기 뒷모습에도 책임을 져야 한다고.
그 뒷모습은 그가 어떻게 실패를 견뎠는지,
어떻게 타인을 대했는지,
얼마나 스스로를 속이지 않았는지를 고스란히 드러내기 때문이다.
그래서인지 돌아서는 사람의 모습을 보면 가끔 울컥해진다.
떠나는 이의 뒷모습,

일을 마치고 묵묵히 돌아가는 이의 뒷모습,
병실 문을 나서는 가족의 뒷모습.
그 안에는 말로 다 전하지 못한 감정이 매달려 있다.
앞모습은 관계 속에서 빛나지만 뒷모습은 고독 속에서 빛난다.
누구에게 보여주기 위한 빛이 아니라,
살아온 시간 자체에서 배어 나오는 빛.

그래서 나는 가끔 스스로에게 물어본다.
지금의 내 걸음은 어떤가.
내 어깨에는 무엇이 얹혀 있는가.
그리고 언젠가 누군가의 기억 속에 남을 나의 뒷모습은 어떠할까.
애잔함만 남길 것인가,
아니면 오래 견뎌낸 한 사람의 조용한 품격으로 남게 될 것인가.
앞모습은 언젠가 사라지지만
뒷모습은 기억 속에서 오래 걷는다.
말없이,
그러나 가장 솔직하게.

# 감나무 아래의 사라진 기록

지인과의 대화 중 문득 떠오른 사진에 대한 기억 하나가 있다.

이야기를 나누다 보니 오래전 유년의 한 장면이 마음속 어딘가에서 조용히 떠올랐다.

내게는 중학교 이전의 얼굴이 없다.

사진으로 남아 있지 않다는 뜻이다.

분명 그 시절의 나는 존재했지만, 그것을 증명해 줄 흔적은 거의 없다.

다만 초등학교 졸업 단체 사진 한 장이 어린 시절의 얼굴을 겨우 붙잡고 있을 뿐이다.

그 시절, 가난한 산골 마을에 카메라라는 것이 있을 리 없었다.

면 소재지에 사진관이 하나 있기는 했지만

굳이 먼 길을 가서 사진을 찍어야 할 여유도 이유도 없었을 것이다.

일상의 얼굴을 남긴다는 생각 자체가

그때 사람들에게는 그다지 필요하지 않았던 모양이다.


그런데 희미하게 기억나는 장면 하나가 있다.

부모님이 보따리 사진사였던 고종사촌 형님을 집으로 불러 나를 찍으려 했던 날이다.

부모님은 굳이 내 아랫도리를 드러낸 채 사진을 찍으려 하셨다.

지금 생각하면 어린아이의 건강한 모습을 남기려는 마음이었겠지만

당시의 나는 몹시 부끄러웠다.

울며 완강히 거부했던 기억으로 미루어 보면

아마도 다섯이나 여섯 살쯤 되었던 것 같다.

아버지는 울며 버티는 나를 감나무 아래 평상 위에 세워놓고

풋감 하나를 따서 손에 쥐여주며 달래셨다.

나는 훌쩍이며 그 풋감을 들고 서 있었고

어딘가에서 셔터가 눌리는 소리가 들렸다.

그것이 아마 내 유년의 사진 한 장이었을 것이다.

그러나 그 사진은 촬영했다는 기억만 있을 뿐 그 이후로 본 적이 없다.

어디로 갔는지도 모른다.

어쩌면 현상되지 못한 채 사라졌을지도 모르고

혹은 세월 속에서 어느 상자 속에 묻혀 있을지도 모른다.


지금은 각자의 휴대전화 속에 카메라가 들어 있고

사진은 셀 수 없이 많이 찍힌다.

하지만 대부분 인화되지 않는다.

앨범은 사라지고 파일만 남는다.

예전처럼 가족들이 둘러앉아 사진첩을 넘기며

이야기를 나누는 시간도 점점 드물어졌다.

사진은 단순히 과거의 얼굴을 남기는 물건이 아니다.

그 안에는 표정뿐 아니라

그 시절의 삶과 풍경, 그리고 그 시대의 공기까지 함께 담겨 있다.

만약 그 유년의 사진이 지금도 어딘가에 남아 있다면
그것은 우리 집의 가보가 되었을지도 모른다.
자식들에게 보여주기에는 조금 부끄러운 모습일지라도
다시는 돌아갈 수 없는 시간을 단 한 장으로 증명해 줄 수 있기 때문이다.

사진은 잃어버린 기억을 불러내고 기억은 잃어버린 자신을 다시 살려낸다.
그래서 사진의 가치는 언제나 과거형이 아니라 현재형이다.
그리고 언제나 미래를 향해 열려 있다.
오늘따라 그 사진, 그 감나무 아래 평상 위에 서 있던
어린 나의 모습이 유난히 그립다.
어쩌면 그 사진은 세상 어딘가에 남아 있는 것이 아니라
이제야 비로소 내 기억 속에서 현상되고 있는 것은 아닐까.

## 중은 중대로 걱정이 많다

어릴 적, 어머니는 독실한 불교 신자셨다.
여섯 아들 중 넷째인 나를 유독 아끼셨는데
왜인지 내가 중이 되기를 간절히 바라셨다.
"너는 스님이 되었으면 좋겠다."

어린 나는 속으로 의아했다.
왜 그토록 사랑하는 아들을 세상에서 가장 먼 길,
세속의 인연을 끊는 길로 보내려 하실까.
사랑한다면 곁에 두고 싶어야 하지 않을까.
그때는 몰랐다.
어머니가 바랐던 것은 '떠남'이 아니라 '편안함'이었음을.
세상의 굴곡과 다툼, 돈과 명예와 실패의 파도에서
조금이라도 비켜서기를 바랐던 그 간절한 기도였음을.
어머니가 세상을 떠나시고,
그리고 한참의 세월이 더 흐른 뒤에야
나는 그 말의 속뜻을 어렴풋이 헤아리게 되었다.
어머니는 나를 세상에서 떼어놓고 싶었던 것이 아니라,

세상이 나를 함부로 할까 두려워 부처님 품 안에 맡기고 싶으셨을 것이다.

사십 후반, 사업의 실패로 깊은 어둠의 터널을 건너던 시절이 있었다.

모든 것이 무너진 듯한 절망 속에서 나는 고향집을 찾았다.

마루에 앉아 한참을 말없이 있던 나에게

어머니는 한숨처럼 말씀하셨다.

"그러게, 내가 스님 되라 할 때 스님이 되었으면 이런 고통은 겪지 않았을

거 아니냐."

그 말은 위로였을까, 회한이었을까.

아니면 자식을 대신해 아파하는 어머니의 가슴 아픔이었을까.

나는 아무 대답도 하지 못했다.

고통은 이미 내 몫이었고, 어머니의 말은 그 고통 위에

덧씌워진 또 하나의 사랑이었으므로.


나는 어머니의 바람과는 다르게 고교 시절부터 성당을 나가게 되었고,

한때는 스님이 아닌 신부의 길을 꿈꾸기도 했다.

기도의 대상은 달랐지만 내 마음은 어딘가 초월을 향해 있었다.

어머니는 부처님께 자식들을 위한 기도를 드릴 때,

오직 내 이름만 올리지 않으신다고 하셨다.

자식이 신(神)이 달라서 혹여 다칠까 염려스러워 그런다고 하셨다.

그것이 어머니의 신앙이었다.

신보다 자식이 먼저였던 신앙.

교리보다 사랑이 앞섰던 믿음.

이제 인생의 저문 길을 걷는 나는 가끔 그런 생각을 한다.

만약 그때 스님이 되었더라면, 혹은 신부가 되었더라면,

젊은 날 세파에 시달리지 않고 무심의 삶을 살 수 있지 않았을까.
재물의 오르내림도, 사람과의 다툼도, 실패의 모욕도
조금은 덜 겪었을지 모른다.
그러나 곰곰이 생각해 보면 세상에 괴로움이 없는 길이 어디 있으랴.
속세를 떠난 스님이라 해서, 가정이 없는 신부라 해서
마음의 번뇌까지 벗을 수 있는 것은 아닐 것이다.
수행자에게는 수행자의 걱정이 있고, 가장에게는 가장의 걱정이 있다.
형태만 다를 뿐 인간이라는 그릇 안에 담긴
고통의 성질은 크게 다르지 않을지 모른다.

그날, 어머니는 말씀 끝에 스치듯 지나가는 말투로 조용히 읊조리셨다.
"하기사 며칠 전 선암사 스님이 다녀가셨는데
'스님은 무슨 걱정이 있소?' 물었더니 그 스님이 그러시더라."
"중은 중대로 걱정이 많습니다."

이제는 안다.
어머니가 내게 바라셨던 것은 수행자의 옷이 아니라
아들이 세상의 파도에 휩쓸리지 않게 하고 싶으셨다는 것을….
그 한없는 사랑의 깊이를….

# 몸으로 쓰는 한 편의 시, 한국무용

지금도 여전히 그렇지만, 나는 춤꾼이 되고 싶었다.

그래서인지 가끔 어떤 춤을 보고 있노라면

그것이 동작인지 사유(思惟)인지 분간이 되지 않을 때가 있다.

몸이 움직이는 것인지, 생각이 흐르는 것인지 알 수 없을 때가 있다.

오늘 참관한 한국무용이 내게는 더욱 그러했다.

그 춤은 눈으로 보는 움직임이라기보다

어딘가 마음 깊은 곳에서 조용히 일어나는 생각의 물결처럼 느껴졌다.

칼릴 지브란은 말했다.

"철학자의 혼은 머릿속에 살고, 시인의 혼은 가슴에, 성악가의 혼은 목 안
에 머문다. 그러나 무용가의 혼은 몸을 떠나지 않고 그 안에 깃들어 산다."

그 말은 한국무용 앞에서 더욱 또렷해진다.

특히 발끝에서 손끝으로 이어지는 그 춤선은 철학의 사유와 시의 울림,

노래의 숨결까지 모두 한 몸에 품은 종합예술의 정수처럼 느껴진다.

몸이 움직이지만 그 안에는 생각이 흐르고,

생각이 흐르지만 그것은 말이 아니라 선으로 표현된다.

흔히 우리의 춤을 '손으로 추는 선의 예술'이라 말한다.
서양의 춤이 몸의 구조와 근육의 긴장을 드러내는 옷을 입고
공간을 힘 있게 장악한다면,
우리의 춤은 몸을 감추고 손만을 드러낸 채 조용히 세계를 펼쳐 보인다.
손이 중심이 되고 몸은 그 손을 따라 숨을 고르듯 움직인다.
발은 말을 아끼고, 어깨는 고개를 숙이며, 허리는 바람처럼 흐른다.
그렇게 손 하나에 맞춰 춤 전체가 완성된다.
작은 손짓 하나가 무대 전체의 공기를 바꾸고
그 미세한 움직임 속에서 하나의 세계가 펼쳐진다.
그 선 안에는 이 땅의 풍경이 고스란히 녹아 있다.
정상에서 급히 내리꽂히지 않고 완만하게 흘러내리다
끝에서 다시 한번 숨을 고르는 한국의 산들,
기와지붕 위를 따라 흐르다 처마 끝에서 살짝 치며 올라가는 그 완곡한 곡
선까지.
춤꾼이 딛고 돌아서며 올리는 버선코, 바람을 감아쥐듯 휘도는 옷깃,
손가락 마디마디에 담긴 미묘한 여백의 움직임.
그 모든 것이 어찌 이리도 우리의 산과 물, 집과 마음을 닮았는지.


한국무용은 자연을 흉내 내는 것이 아니라 이미 자연 속에서 길러진 몸이
자연의 숨결을 다시 몸으로 풀어내는 일처럼 보인다.
한국무용을 보고 있으면 나는 그 버선코에서 손끝으로 이어지는
하나의 선 앞에서 정신이 아득해진다.
그 선은 직선도 아니고 완전한 곡선도 아니다.
멈추는 듯 이어지고, 이어지는 듯 사라진다.

마치 삶처럼, 끊어지는 것 같으면서도 어딘가에서 다시 이어지는 시간의 흐름 같다.

그중에서도 남자가 추는 한량무는 내게 언제나 압권이다.

선비춤이라 불리고 신선춤이라 불리는 그 춤은 마치 학 한 마리가 구름 위로 몸을 실어 올리는 장면 같다.

버선발을 사뿐히 들어 올리고, 손으로 허리 뒤 장삼을 치며 공기를 가르고, 손끝으로 희로애락(喜怒哀樂)을 말없이 풀어놓는 그 순간.

그 춤은 감정을 토해내지 않는다.

다만 흘려보낼 뿐이다.

그래서 그 움직임은 격렬하지 않지만 오히려 더 깊은 여운을 남긴다.


그 춤을 받치며 무대의 공간을 흐르듯 채우는 대금산조의 가락은 또 어떠한가.

대금의 숨결은 춤꾼의 몸과 함께 흐르며 마치 바람이 옷자락을 밀어 올리듯 춤의 선을 더욱 길게 이어 준다.

이 모든 것은 한국인이 아니면 끝내 온전히 표현할 수도, 완전히 이해할 수도 없는 미학의 세계일 것이다.

선과 선율, 몸과 숨, 사유와 침묵이 하나로 겹쳐지는 자리.

그래서 한국무용을 보고 나면 나는 늘 고요한 침묵에 잠긴다.

그 춤은 설명을 요구하지 않는다.

그저 오래 바라보며 가슴 안에서 천천히 가라앉히면 될 뿐이다.

어쩌면 한국무용이란 몸으로 쓰는 한 편의 시가 아닐까.

말이 사라진 자리에서 몸이 대신 생각을 말해 주는 가장 오래된 언어 말이다.

# 형태를 넘어 머무는 것


대학 시절, 소위 말하는 '미인'은 아니었지만

웃으면 그 모습이 마치 하얀 목화 빛처럼 느껴지던

같은 과의 한 여학생이 있었다.

그 소리 없는 미소는 얼굴에만 머물지 않고

주변 공기까지 환하게 만드는 그 무엇이 있었다.

내가 특별히 좋아했던 여자도 아니었고,

졸업 이후 한 번도 연락이 닿은 적도 없다.

그러나 그녀의 웃음만큼은 아직도 오래된 기억 속에 하얀 목화 빛으로

남아 있다.

아마도 그 모습은 내면의 순박하고 고운 마음이

겉으로 조용히 배어 나온 것이 아니었을까.

아름다움은 그렇게 얼굴이 아니라 기운으로 기억되는지도 모른다.


우리의 전통적 사고에서 아름다움은

외면의 드러남보다 내면의 머묾에 가까웠다.

안에서 자연스레 흘러나오는 기운, 그것을 참된 미(美)라 했다.

억지로 꾸민 빛은 오래가지 못하고,

속이 비어 있으면 아무리 화려해도 공허하다.

그러나 속이 먼저 단단하고 그 위에 조심스레 얹힌 외면은

굳이 설명하지 않아도 사람을 끌어당긴다.

말이 많지 않아도 신뢰가 가고,

화려하지 않아도 곁에 두고 싶은 사람.

그는 스스로를 빛내려 애쓰지 않지만 이미 충분히 빛나고 있다.


꽃도 그렇다.

모양은 수수하지만 향기로 기억되는 꽃이 있고,

화려하지만 향기 없이 스쳐 지나가는 꽃이 있다.

어느 쪽이 더 아름답다고 말할 수 있을까.

불교에서는 색과 향, 형상마저도 모두 인연 따라 잠시 머무는 것이라 한다.

피었다 지는 꽃을 두고 우리가 붙이는 '아름답다'는 말은

어쩌면 꽃의 속성이 아니라

그 앞에서 잠시 고요해진 우리 마음의 상태일지도 모른다.


젊은 날에는 눈에 띄는 것에 먼저 끌렸다.

선명한 색, 또렷한 이목구비,

반짝이는 성취와 화려한 언어들.

그러나 나이가 들수록 나는 점점 다른 것에 머문다.

조용히 일하는 사람의 뒷모습,

자기 몫을 묵묵히 감당하는 손,

남을 배려하며 한 발 물러서는 태도.

그런 장면 앞에서 나는 왠지 모르게 마음이 숙연해진다.

아름다움은 감탄을 부르는 대신 자세를 고쳐 앉게 만든다.
그래서 아름다움의 기준은 눈의 문제가 아니라 마음의 문제다.
무엇을 귀하게 여기느냐,
무엇에 오래 머무르느냐에 따라 아름다움은 달라진다.
해맑은 미소가 박꽃처럼 오래 기억되는 이유는
그 미소가 단순히 예뻤기 때문이 아니라,
그 앞에서 내 마음이 잠시 맑아졌기 때문일 것이다.

아름다움이란 누군가를 더 빛나게 만드는 도구가 아니라,
그 앞에 선 자신을 조금 더 조용하고 겸허한 자리로 데려가는 힘이 아닐까.
어쩌면 우리가 아름답다고 느끼는 순간은 대상을 칭찬하는 시간이 아니라
우리 마음이 가장 바르게 놓여 있는 찰나인지도 모른다.
그렇다면 나는 지금 무엇을 아름답다고 말하며 살아가고 있는가.
내가 붙들고 있는 기준은 과연 눈의 기준인가,
아니면 마음이 오래 머무른 자리의 기준인가.
그리고 언젠가 누군가의 기억 속에 남게 될 나의 모습은
겉모습의 선명함일까, 아니면
잠시나마 그 마음을 맑게 해 주었던 어떤 태도 하나일까.

# 굴곡 끝에 서서 고백하다

이제 와서야 알겠다.

내 인생은 애초부터 부족함 속에 던져진 것이 아니라,

조용히 축복받은 자리에서 시작되었다는 것을.

전라도 산골의 벽촌에서 태어나 어릴 때부터 글을 꿈꾸었고,

그 꿈을 버리지 않은 채 글을 쓰고 책을 만들며 살아왔다는 사실 하나만

으로도 삶은 이미 나에게 많은 것을 허락했다.

흙먼지 날리던 길을 걸어 학교에 다니던 아이가

세월이 흘러 교과서를 만드는 사람이 되었다는 일.

누군가 배움의 첫 장을 넘기는 책 한 권에 나의 숨결이 스며 있다는 일.

그것은 생각할수록 기적에 가깝다.


책을 만드는 회사를 세우고 초·중·고 아이들을 위한 교과서를 개발·보급

함으로써, 한 나라의 교육 발전에 조금이나마 기여하고 있다는 자각은 얼

마나 귀한가.

그 일로 인해 회사 식구와 내 가족, 그리고 그 주변의 삶이 함께 이어지고

있다는 현실은 단순한 생계가 아니라 하나의 인연망이다.

내가 만든 책이 아이들의 책상 위에 놓이고,

그 아이들이 또 다른 길로 나아간다는 상상을 하면
내 삶 또한 그들의 시간 속에 계속 이어지고 있음을 느낀다.


사랑하는 지금의 여자를 만났고, 가족이라는 울타리를 얻었으며,
노후를 두려움이 아닌 담담함으로 맞이할 수 있다는 것 또한
이미 큰 은혜다.
젊은 날에는 몰랐다. 곁에 누군가 있다는 사실이 얼마나 큰 축복인지.
세월이 흘러서야 안다.
삶은 혼자서 버텨내는 것이 아니라 함께 견디며 건너는 것임을.


조금 더 멀리 보면,
나는 전쟁 없는 시대에 태어나 쟁기와 괭이의 시간에서
인공지능의 시대로 건너오는 수만 년의 변화를 한 생에 압축해 살아왔다.
라디오에서 흘러나오던 뉴스가 이제는 손안의 화면으로 들어오고,
원고지에 쓰던 글이 빛의 속도로 전 세계를 오가는 세상.
이 거대한 변화를 목도하며 살아왔다는 것 자체가
시대가 내게 허락한 선물이었다.


내 나이 또래 중, 대학이라는 시간을 온전히 누릴 수 있었던 이가
우리나라에 과연 몇이나 되었을까.
열 명 중 한 명이나 될까? 아니 그 정도는 아닐 게다
그것은 나에게 주어진 특권이었다.
가난했으나 배움을 포기하지 않았고,
그 배움이 다시 나를 길 위로 밀어 올렸다.

이유를 헤아려보면 행복하다고 말할 수 있는 까닭은 끝이 없다.
행복은 많아서가 아니라, 되돌아볼 줄 알게 되었을 때
비로소 제 얼굴을 드러낸다.

그러나 이 모든 인생에 가장 깊이 영향을 미친 은인은 따로 있다.
쓰러질 때마다 말없이 나를 일으켜 세워주고
오늘의 나를 있게 해준 여자,
그리고 나를 대학에 보내주고 출판계로 이끌어주신,
내가 세상에서 가장 존경하는 큰형님.
이 두 사람의 손길이 없었다면
나는 다른 길목에서 다른 이름으로 살아가고 있었을지도 모른다.
사람은 혼자 서 있는 듯 보이지만 수많은 손에 의해 떠받쳐진 존재임을
이제야 깊이 안다.

불가에서는 말한다.
모든 인연은 빚이며, 깨달음은 그 빚을 알아차리는 순간부터 시작된다고.
나는 이제야 그 빚의 무게를 안다.
그 무게는 짐이 아니라 나를 사람답게 세우는 균형추였다.
그래서 감사하고, 또 감사할 따름이다.
물론 삶이 어찌 평탄하기만 했겠는가.
실패도 있었고, 좌절도 있었으며, 밤을 새워 가슴을 쥐어짜던 날도 있었다.
그 고통들 또한 나를 무너뜨리기 위해서가 아니라,
오늘의 나를 이만큼의 깊이로 데려오기 위해 필요했던 굴곡이었음을.
굴곡이 있었기에 교만하지 않았고,

넘어졌기에 타인의 아픔을 조금은 짐작하게 되었으며,
잃어본 적이 있었기에 지금 가진 것을 소중히 여기게 되었다.
그러니 이 말을 어찌 아니 할 수 있겠는가.
감사하고 행복하여라, 내 인생.

# 대문간에 걸어둔 마음 하나

사랑아!
자유로를 달려서
조~오기 인천공항 가는 대교를 지나,
을왕리 그 백사장과 밤새 알몸으로 교접하는
밤바다의 엉디를 훔쳐보다가,

마침내 새벽 바다가 출산한 찬란한 태양을
걸망에 건져내어 짊어지고 올까 봐.

그리하여 내일 아침엔
그대 대문간에 그 걸망을 걸어두고 갈게.

빛나는 하루가 되어라.
내 안의 내 이쁜 사랑아.


늦은 밤이면 문득 을왕리 밤바다로 달려가 보고 싶은 생각이 든다.

가끔 그 바다를 찾긴 하지만 아직 그 밤바다를 가본 적은 없다.

삶이란 정말 어디까지가 비유이고 어디서부터가 진실인지.

상상의 밤바다는 욕망과 탄생을 동시에 품은 채 쉼 없이 숨을 쉰다.

그 앞에서 나는 어른인 척, 삶을 다 아는 척하던 태도를 잠시 벗어두고

그저 바라보는 존재로 남는다.

밤바다는 늘 그렇게, 아무 설명 없이도 사람을 잠시 겸손하게 만든다.

태양은 늘 새것처럼 떠오르지만 사실은 언제나 같은 태양이다.

우리가 그것을 다르게 부르는 것은 어제의 내가 오늘의 내가 아니기 때문

일 것이다.

그래서 나는 새벽의 태양을 '건져낸다'고 말한다.

이미 거기 있는 것을 다시 발견하는 일, 그것이 삶의 관조이기 때문이다.

바다 위로 떠오르는 빛을 바라보고 있으면 세상은 변한 것이 없는데도

나의 마음만 어딘가에서 조금씩 다시 태어나는 것처럼 느껴진다.

어쩌면 하루라는 시간은 새로운 태양이 떠오르는 것이 아니라

어제의 나를 조금씩 벗어나는 과정일지도 모른다.


결망은 비어 있어야 무언가를 담을 수 있다.

비어 있지 않으면 빛은 들어오지 못한다.

나는 살면서 너무 많은 것을 이미 안다고 착각하며 결망을 가득 채워왔다.

후회, 성취, 체념, 자부심 같은 것들로 말이다.

그러다 문득 깨닫는다.

삶은 짊어지는 기술이 아니라 비워내는 연습이라는 것을.

어쩌면 우리가 늙어간다는 것은 무언가를 더 얻는 일이 아니라

불필요한 것들을 하나씩 내려놓는 일일지도 모른다.

마음이 가벼워질수록 세상의 작은 빛들이 더 또렷하게 보이기 시작한다.

그대 대문간에 걸어두고 간 그 걸망은 사실 태양이 아니라,
내가 하루 동안 세상을 바라보는 태도일지도 모른다.
세상을 욕망하지 않고, 소유하지 않으며,
그저 한 번 더 밝게 바라보고 조용히 물러나는 마음.
우리는 매일 누군가의 대문 앞을 지나며 산다.
그 문을 두드리지 않아도, 이름을 부르지 않아도,
잠시 걸어두고 가는 마음 하나로 서로의 하루를 밝힐 수 있다면
그것으로 충분하지 않을까.
누군가에게 작은 빛 하나 남기고 지나가는 일,
어쩌면 그것이 사람이 사람 곁을 스쳐 가며 할 수 있는
가장 조용하고도 깊은 인사일지도 모른다.

빛나는 하루란 무언가를 이루는 날이 아니라 스스로 어둠이 되지 않는
날이다.
상처를 남기지 않고, 기대를 강요하지 않고, 다만 따뜻한 빛으로 스쳐 가는
하루.
그래서 나는 오늘도 태양을 짊어질 생각은 접고
내 안의 빛을 조용히 정돈해 또 하루를 산다.
어쩌면 우리가 할 수 있는 일은 세상을 밝히는 것이 아니라
누군가의 대문간에 따뜻한 마음 하나 걸어놓음으로써
적어도 그 사람의 하루를 어둡게는 만들지 말아야 하는 게 아닐까

# 동무를 잃고, 마음을 잃다

고샅, 다므락, 사립문, 신작로, 동무…
입안에서 한번 굴려보면 흙냄새가 묻어나고,
짚 냄새가 피어오르는 말들이다.
혀끝에 닿는 순간, 나는 다시 그 산골 마을의 좁은 길목으로 돌아간다.
고샅은 집과 집 사이를 비집고 흐르던 바람의 통로,
이웃들과의 마음의 통로였다.
다므락은 그 고샅과 고샅을 잇는 돌담이었다.
사립문은 삐걱 소리를 내며 하루의 안과 밖을 갈라놓던 경계였고,
신작로는 세상이 넓다고 처음 가르쳐 주던 먼지 길이었다.

그리고 동무.
그 말은 이름을 부르지 않아도 서로를 알아보게 하던 숨결 같은 소리였다.
지금 그 단어들은 사전 속에서조차 희미해졌다.
도시의 빌딩 숲에서는 고샅 대신 골목길이라 부르고,
사립문 대신 현관문이라 부르며,
다므락은 돌담으로, 신작로는 이제 아스팔트 도로라 부른다.
말은 더 정확해졌는지 모르나, 더 따뜻해지지는 않는 것 같다.

전라도 산골에서 자란 내 유년의 풍경에는 늘 사람이 있었다.

동네 어귀 주막이나 논두렁에 앉아 막걸릿잔을 돌리던 어른들,

해 질 녘까지 숨바꼭질과 자치기 팔방놀이를 하던 아이들,

사립문 앞에서 "밥 묵었냐?" 묻던 이웃의 목소리.

그 말들에는 설명이 필요 없었다.

말은 이미 관계였고, 관계는 곧 삶이었다.


그러나 세월은 말을 평평하게 만들었다.

서울말이 표준이 되고, 방송의 억양이 교과서가 되면서

고향의 그 정겹던 억양과 사투리는 이제 거의 사라져가고 있다.

아이들은 더 이상 사투리를 쓰지 않고 그래서 고샅을 모른다.

동무 대신 친구라 부른다.

해방 이후 우리말은 전쟁과 체제, 산업화와 미디어의 속도를 타고

쏜살같이 달려왔다.

분단은 언어마저 갈라놓았다.

남과 북은 같은 뿌리의 말을 쓰면서도

다른 하늘 아래서 자라난 억양을 가졌다.

탈북민들이 이 땅에 와서 가장 먼저 부딪히는 벽이

경제도, 제도도 아닌 말의 차이라는 사실은 우리에게 많은 것을 묻는다.


'동무'라는 말은 본디 이념의 언어가 아니었다.

그것은 손을 잡고 냇물을 건너던 아이들의 언어였고,

함께 매미를 잡던 여름 오후의 언어였다.

그러나 어느 날, 그 말은 체제의 그림자를 뒤집어쓰고

남쪽의 일상에서 조용히 밀려났다.

말 하나가 사라졌을 뿐인데,

그 안에 담겨 있던 어깨의 온기와 웃음의 결까지 함께 희미해졌다.

말은 단순한 기호가 아니다.

그것은 시간을 저장하는 그릇이다.

한 단어 안에는 한 세대의 삶이 눅진하게 배어 있고,

한 문장 안에는 한 마을의 숨결이 깃들어 있다.

우리가 어떤 말을 쓰는가는

우리가 어떤 기억을 품고 사는가와 다르지 않다.

그래서 말은 곧 존재다.

말을 잃는다는 것은 단지 발음을 바꾸는 일이 아니라

기억의 지층 하나를 덜어내는 일이다.

고샅이 사라지면 그 골목을 가득 메우던 웃음도 희미해지고,

사립문이 사라지면 그 문을 열고 닫던 손길도 사라진다.


"말 한마디가 천 냥 빚을 갚는다."는 속담은

단지 언변의 힘을 말하는 것이 아니다.

그 말 속에는 관계를 잇는 다리가 있고, 사람을 살리는 숨결이 있다.

사라져간, 그리고 사라져가는 말들.

그들은 지금도 내 안에서 살아 움직인다.

어느 날 문득, 누군가를 부르며 무심코 "동무야" 하고 속삭일 때,

나는 알게 된다.

말은 완전히 사라지지 않는다는 것을….

말은 의사소통의 도구를 넘어 시간을 품은 존재의 숨결이며,

사람이 사람에게 건네는 가장 오래된 마음의 손짓이다.
우리가 잊지 않고 불러 줄 때, 그 말들은 다시 살아난다.
고샅은 다시 길이 되고, 사립문은 다시 열리며,
동무는 다시 우리 곁에 앉는다.
어쩌면 언어를 지킨다는 것은 한 시대의 마음을 지키는 일인지도 모른다.
그리고 그 마음을 지키는 일은 곧 우리가 누구였는지를,
그리고 앞으로 누구로 살아갈 것인지를
스스로에게 묻는 일일 것이다.

아 그리운 사람들, 그리운 정경들…,
다 그립고 그립다.

# 유한한 삶이 남긴 무한의 증거

고서를 모으기 시작한 지 오래다.
그 시작은 존경하는 고(故) 윤형두 범우출판사 회장님의 권유 때문이었다.
처음엔 이해할 수 없었다.
먼지 쌓인 고물 책들,
이미 세상을 떠난 이들의 손때가 묻은 낡은 종잇조각을 왜 그리도 귀하게
여기는지 말이다.

그러나 어느 날, 내 손에 한 권의 고서가 들어왔다.
천년이 넘은 대반야바라밀다경. 초조대장경이었다.
12미터의 두루마리 불경은 마치 몇 년 전 인쇄한 것처럼 훌륭했다.
아, 이것을 제작하기 위해 얼마나 많은 사람들의 피와 땀과 고뇌가 여기에
담겼을까.
거란의 침략을 불경으로 막으려고 했던 선조들의 그 고통스러운 일상들이
여기에 다 배어 있는 듯하다.
며칠 밤을 흥분에 껴안고 잠을 잤다.

그리고 비로소 깨닫기 시작했다.

책이란 단순한 종이 뭉치가 아니라,

그 시대를 살아낸 정신의 껍질이자 혼의 그릇이라는 것을.

수집한 고서를 펼칠 때마다 나는 과거의 시간 속으로 미끄러져 들어갔다.

글자마다 누군가의 숨이 묻어 있었고,

묵향 사이로 그들의 사유가 은은히 피어올랐다.

그것은 지식의 기록이 아니라, 존재의 증언이었다.


언젠가부터 나는 고서를 구할 때마다 품에 안고 잠을 이루지 못하곤 했다.

수백 년의 세월을 건너 나에게까지 온 이 기적 같은 만남.

그 긴 시간 동안 얼마나 많은 손을 거쳐 왔을까.

그 손끝마다의 열망과 헌신이 이 책을 지금까지 살아 있게 한 것은 아닐까.

그리하여 나는 깨달았다.

책을 모으는 일은 곧 시간을 모으는 일이며, 시간을 모으는 일은 결국 사
람의 삶과 정신의 흔적을 모으는 일이라는 것을.


하지만 세월은 사람의 뜻과는 달리 흘러간다.

윤형두 회장님이 세상을 떠난 뒤,

그분이 모았던 수많은 고서들이 자식들에게 상속되면서

뿔뿔이 흩어지는 것을 보았다.

경매장의 차가운 조명 아래, 그 숭고한 책들이 하나의 '가격표'로 바뀌어 서
있는 광경은 가슴 한쪽을 서늘하게 했다.

문득 두려움이 스쳤다.

나의 고서들도 언젠가 그렇게 흩어지겠지.

한 세대의 열정이 또 하나의 먼지처럼 사라지겠지.
그렇다면 나는 무엇을 위해 이토록 많은 시간과 열정을 바쳐왔던가.

필요한 누구에게는 반드시 물려주고 떠나야 할 책들.
이건 유산이 아니라, 나와 책이 맺은 내밀한 인연이기 때문이다.
공공기관에 기증하려 해도 관심조차 두지 않는
행정의 벽 앞에서 마음만 더 헛헛해지기도 했다.
그러나 어쩌면 그것으로 충분한지도 모른다.
책은 본디 주인을 가지지 않는다.
잠시 한 사람의 손에 머물다 다시 세상으로 흘러가는 존재.
그 흐름 속에서 의미를 얻고 다시 잊히며 또다시 깨어나는 것.

고서란 결국 인간의 유한함이 남긴 무한의 증거다.
나는 그저 그 길 위에 잠시 머물다 간 한 사람일 뿐.
내가 떠난 뒤에도 언젠가 누군가,
또 다른 손이 이 책의 묵향을 들춰보며
'시간의 숨결'을 느낄 수 있다면,
그것으로 족하지 않을까.
수집한 순간 느꼈던 그 희열만으로 행복을 느끼자.
그 속에서 나는 과거를 읽고,
과거는 나를 읽을 수 있을 거니까.

# 아들의 어깨 위로 내리는 시간

"자식이 나이 드는 게 마음 아프다."
어머님께서 큰형님이 마흔이 되던 해, 하시던 말씀이었다.
그때 나는 속으로 웃었다.
나이 든다는 게 왜 마음 아픈 일일까.
사람은 다 그렇게 자라고, 그렇게 흘러가는 것 아닌가.
시간은 언제나 나와 상관없이 흐르고,
나이는 달력 위에 조용히 쌓이는 숫자에 불과하다고 믿던 시절이었다.
그런데 오늘, 샌프란시스코 공항의 긴 통로 끝에서
나를 배웅하고 돌아서는 아들의 뒷모습을 바라보며
그 말이 가슴 깊은 곳에서 불현듯 되살아났다.
올해 아들의 나이 서른아홉, 곧 마흔이다.

낯선 도시의 공항은 늘 바람이 차다.
출국장 유리창 너머로 보이는 활주로의 회색빛,
어딘가로 날아오르는 비행기의 굉음,
서둘러 걸음을 재촉하는 사람들 사이에서
나는 한순간 시간의 가장자리에 홀로 서 있었다.

아들은 "건강하세요." 하고 말했지만

그 말 속에는 수많은 생략이 담겨 있었다.

걱정과 책임과, 말로 다 하지 못한 삶의 무게.

돌아서 걸어가는 그 뒷모습이 어쩐지 낯설면서도 너무 익숙했다.

그때 문득 깨달았다.

저 나이는, 바로 내가 한때 통과했던 시간이라는 것을.

서른아홉의 나는 세상과 나 자신 사이에서 길을 잃고 헤매던 사람이었다.

이루어놓은 것은 변변치 않았고, 앞으로의 길은 안개처럼 흐릿했다.

남들은 다 제자리를 찾은 것 같은데 나만 제자리걸음을 하는 듯한 조바심.

밤이면 이유 없이 가슴이 허전해지고

새벽이면 설명할 수 없는 두려움이 밀려오던 시절.

나는 그때 무척이나 외로웠다.

그러나 그 외로움을 누구에게도 쉽게 말하지 못했다.

남자의 체면이라는 이름 아래, 아버지라는 자리 아래,

스스로를 다독이며 버텼다.


오늘 공항에서 돌아서는 아들의 어깨에

그 시절의 나의 그림자가 겹쳐 보였다.

무심한 듯 걸어가지만, 속으로는 수많은 생각을 안고 있을 그 나이.

아버지를 보내며 손을 흔들었지만

마음 한편에는 말 못 할 허전함이 내려앉았을지도 모른다.

"이번에는 아빠 보내는 마음이 더 허전하네요."

그 한마디가 오래 남는다.

아이였을 때는 그저 손을 흔들던 아이가

이제는 허전을 말하는 나이가 되었다.

그 허전함이 무엇인지 아는 나이가 되었다.

그 순간, 어머니의 말씀이 비로소 이해되었다.

"자식이 나이 드는 게 마음 아프다."

자식이 나이 든다는 것은

그 아이가 세상의 무게를 혼자 감당해야 할 시간이 왔다는 뜻이었고

부모의 품으로는 더 이상 다 막아줄 수 없는 바람이

그 아이의 어깨 위에 내려앉았다는 뜻이었음을.

어머니는 아마도 자식의 흰 머리카락을 보며

마음 아파한 것이 아니었을 것이다.

자식이 겪어야 할 외로움과 자식이 지나야 할 고비와

자식이 홀로 맞서야 할 밤들을 생각하며 가슴이 저렸던 것이리라.


이제야 알 것 같다.

나이 든다는 것은 단지 시간이 흐르는 일이 아니라

믿음이 시험받는 일이라는 것을.

자신이 선택한 길을 끝까지 걸어갈 수 있을지,

자신이 지켜야 할 사람을 지킬 수 있을지,

자신의 삶을 스스로 책임질 수 있을지 조용히 묻는 시간이라는 것을.

아들은 어느새 나를 닮아가고 있다.

걸음걸이도, 생각의 결도,

세월이 한 바퀴 돌아 다시 나를 마주보게 하는 기묘한 장면 같다.

자식이란 무엇일까.

그들은 부모의 품에서 태어나

결국 부모를 떠나 세상의 한복판으로 걸어 나간다.

붙잡고 싶어도 붙잡을 수 없고, 대신 살아줄 수도 없다.

다만 멀리서 지켜보며 조용히 기도하는 마음으로 남을 뿐이다.

자식은 부모의 마음속에서 영원히 완성되지 않는 존재다.

아무리 나이가 들어도 여전히 "우리 애"로 남아 있다.

별빛처럼 멀어지면서도 어둠이 짙을수록 더 또렷이 빛나는 존재.

샌프란시스코의 하늘은 맑았지만

내 마음 한구석에는 잔잔한 저녁노을이 번졌다.

멀어지는 아들의 뒷모습 위로 시간이 겹겹이 내려앉는다.

아마도 나는 아들이 예순이 되고, 일흔이 되어도

여전히 그를 걱정할 것이다.

그리고 그때에도 어머니의 그 말이 다시 떠오르리라.

"자식이 나이 드는 게 마음 아프다."

# 눈으로 보고 마음으로 헤아리다

백내장 수술을 받은 지 꽤나 긴 시간이 지났다.

수술은 성공적이라는데 그러나 계절이 두 바퀴 돌아

다시 봄의 문턱에 왔는데도 지금도 눈의 불편함은 여전하다.

분명 이전보다는 훨씬 나아졌지만 '나아졌다'는 말 속에는

이미 잃어버린 무엇에 대한 조용한 체념이 섞여 있다.


젊은 날, 시력이 맑고 선명했을 때는 눈의 고마움을 몰랐다.

사물은 당연히 또렷했고

보인다는 것은 늘 주어지는 조건이었고 그것에 감사해야 할 것은 아니

었다.

그런데 이제 와서야 깨닫는다.

책과 함께 살아온, 어쩌면 책이 전부였던 내 삶에서

눈은 단순한 신체의 한 기관이 아니라 세계로 통하는 문이었다.


눈은 단순히 사물을 받아들이는 창이 아니다.

그것은 인지된 사물에 의미를 부여하는 첫 번째 장소다.

보이는 것은 곧바로 의미가 되고,

그 의미는 다시 나의 사유를 확장해 하나의 세계를 이룬다.

그래서 우리는 같은 풍경을 보고도 각기 다른 세계를 산다.

그러나 이제 보는 것만으로는 결코 충분하지 않다는 것을 안다.

눈이 있어도 보지 못하는 것들이 있고,

눈을 감아도 마음의 깊은 곳에서 또렷이 떠오르는 장면들이 있다.


어떤 진실은 빛 속에 있지 않고

어떤 본질은 오히려 어둠 속에서 천천히 윤곽을 드러낸다.

그래서 레오나르도 다빈치는 눈을 '영혼의 창'이라 불렀는지도 모른다.

그는 사물을 본 것이 아니라 사물 너머의 질서를 보려 했다.

외형을 넘어서 본질을 향해 열린 눈,

그것은 단순한 시력이 아니라 사유의 능력이었다.

결국 제대로 본다는 것은 실제의 눈과

마음의 눈이 하나로 합쳐질 때 가능하다는 생각에 이른다.

선명한 시력만으로는 세상의 깊이를 감당할 수 없고,

깊은 사유만으로는 현실의 결을 만질 수 없다.

보는 일은 육체와 정신이 잠시 하나가 되는 드문 합일의 순간이다.


중국의 사상가 장자는 "성인은 눈으로 보지 않고 마음으로 본다"고 말했다.

그 말은 시각을 부정하라는 뜻이 아니라

시각에 머무르지 말라는 권유였을 것이다.

겉모습에 속지 않고 이름과 형태를 넘어 사물의 숨결을 읽어내는 눈.

나는 성인과는 거리가 멀다.

그저 나이를 조금 더 먹었을 뿐인 불완전한 인간일 따름이다.

그래서 묻게 된다.
지금의 나는 얼마만큼의 마음의 시력을 가지고 있는가.
보이는 것에만 반응하고 보이지 않는 것에는
쉽게 등을 돌려온 건 아니었는지.
백내장 수술 이후 눈의 불편함은 아이러니하게도 내 사유를 더 또렷하게
만들었다.
선명함이 사라질수록 나는 더 오래 바라보게 되었고,
빠르게 읽을 수 없게 되자 문장은 내 안에서 천천히 발효되기 시작했다.
보는 속도가 느려진 대신 이해의 깊이는 조금 더 깊어졌는지도 모른다.
어쩌면 나이 든다는 것은 시력을 잃는 일이 아니라
다른 방식의 눈을 얻는 일일지도 모른다.
빛에 의존하던 눈에서 의미를 헤아리는 눈으로,
선명함에서 숙성으로.

여전히 나는 부족하다.
여전히 부끄럽다.
그러나 한 가지는 분명하다.
이제 나는 '본다'는 것이 얼마나 위태롭고도 얼마나 귀한 일인지 안다.
눈으로 보고 마음으로 헤아리며 그 둘이 잠시 겹치는 순간을 조용히 기다
리는 것.
아마도 삶이란 점점 흐려지는 시력 속에서 점점 또렷해져야 할
마음의 눈을 끝까지 놓지 않으려는
하나의 긴 연습일 거니…

# 화병 속 장미가 가르쳐준 '길들임'의 미학

도시의 소음과 복잡한 인연의 실타래를 뒤로하고
고향 시골집의 현관문을 열 때면,
가장 먼저 나를 맞이하는 것은
공간의 정적을 깨우는 정갈한 도자기 화병이다.
어느 날 서울 인사동의 비좁은 골목길,
이름 없는 작가의 손끝에서 빚어진 그 화병을 운명처럼 만났을 때,
나는 이미 알고 있었는지도 모른다.
이 거칠면서도 따뜻한 흙의 질감이
나의 가장 내밀한 공간을 채우게 될 것임을.

이제 그 화병은 원래부터 그 벽의 일부였던 것처럼,
혹은 그 집을 지탱하는 기둥이었던 것처럼
고요하고도 당당하게 자리를 지키고 있다.
그 화병 속에 꽂힌 붉은 장미 한 송이.
그것은 집안으로 들어서는 나의 발걸음을 일순간 멈추게 하는 마력을 지
녔다. 그 찰나의 분위기는 묘하고도 야릇하다.
마치 붉은 입술을 머금은 어여쁜 여인이 긴 기다림 끝에 나를 반기듯,

차가운 공기는 단숨에 화사하고도 긴밀한 온도로 채워진다.

매끄러운 도자기의 차가움과 생명력 넘치는 꽃잎의 부드러움이 조우하는

그 지점에서, 나의 일상은 비로소 '쉼'이라는 본연의 자리를 되찾고,

밖에서 묻혀온 먼지 낀 생각들은 눈 녹듯 사라진다.


장미의 그 짙은 붉은 빛을 응시하다 보면,

내 의식은 자연스레 생텍쥐페리의 『어린 왕자』 속 작은 별 B612로 미끄러

져 들어간다.

어린 왕자의 마음을 흔들었던 그 오만한 장미.

그녀는 눈부시게 아름다웠지만, 동시에 보잘것없는 가시 네 개를 품고 세

상을 향해 뾰족한 말을 내뱉곤 했다.

사랑의 본질 또한 그와 얼마나 닮아 있는가.

우리를 황홀하게 만드는 매혹적인 행복 뒤에는,

반드시 나를 할퀴고 아프게 할 고통과 오해의 가시가 숨어 있다.

그 가시마저 장미의 일부임을,

그 상처까지 껴안고 감내할 준비가 되었을 때

우리는 비로소 사랑이라는 숭고한 이름을 입 밖으로 낼 자격을 얻는다.


어린 왕자는 처음엔 장미의 허영 섞인 투정과 까다로운 요구에 지쳐 별을

떠나왔다.

그러나 수많은 별을 떠돌고, 지구의 정원에서

수천 송이의 장미를 마주하고서야 그는 뼈아픈 진실을 깨달았다.

자신의 장미가 부렸던 그 모든 심술은 사실 자신을 향한 서툰 사랑의 언어

였음을,

그리고 그 가녀린 존재가 거친 우주에서 자신을 지키기 위해 세운 유일한
방어기제였음을 말이다.

지구의 흔한 정원에 핀 수많은 꽃들 사이에서
어린 왕자가 오직 자신의 꽃만을 그리워했던 이유는 무엇일까.
그것은 그 꽃이 객관적으로 가장 아름다워서가 아니다.
그 꽃을 위해 물을 주고,
유리 덮개를 씌워 바람을 막아주고,
고치 속에 든 벌레를 잡아주며 쏟아부은 '시간'과 '정성' 때문이다.
그 마음의 축적이 평범한 식물 하나를
세상에 단 하나뿐인 '나의 존재'로 변모시킨 것이다.
장미는 어린 왕자에게 단순한 관상용 꽃이 아니었다.
그것은 자신의 외로움을 비추는 거울이었고,
그리움과 책임의 무게를 가르쳐 준 존재의 계기였으며,
끝내 돌아가야 할 영혼의 고향이었다.


우리의 삶 또한 수많은 인연의 스침으로 점철된다.
그러나 그중 진정으로 나의 영혼에 각인되는 인연은 극히 드물다.
오직 내가 정성을 기울여 '길들인' 관계들만이
나의 삶 속에 깊은 뿌리를 내린다.
여우가 말했듯, '길들인다'는 것은 서로에게 세상에 하나뿐인 존재가 되는
것이며, 상대를 위해 나의 시간과 공간을 기꺼이 내어주는 숭고한 헌
신이다.
그것은 상대를 소유하는 권력이 아니라, 상대를 온전히 지켜내겠다는 무거
운 책임감을 기꺼이 짊어지는 일이다.

현관의 장미는 오늘도 내게 낮은 묵향 같은 목소리로 속삭인다.

사랑은 화려한 수식어가 아니라 묵묵히 곁을 지키는 책임이며,

그 모든 인연의 가치는 타자가 부여하는 것이 아니라

나의 마음이 얼마나 깊이 투영되었느냐에 달려 있다는 것을.

나를 반기는 저 붉은 장미를 보며 나는 다시금 스스로에게 묻는다.

"나의 소중한 그대여, 나는 지금 그대라는 장미를 위해

나의 시간을 기꺼이 바치고 있는가?

나는 그대를 온전히 길들였는가,

아니면 그저 내 곁에 박제된 아름다움으로 머물기만을 바라고 있는가?"


그 질문의 끝에서,

나는 현관 벽에 걸린 도자기와 장미가 만들어내는 그 야릇한 평화 속에 마음을 맡긴다.

사랑한다는 것은 결국,

서로의 가시에 찔리면서도 그 향기를 포기하지 않는 법을 배워가는 기나긴 여정이 아닐까?

내 사랑하는 그대여!

# 옳음과 그름은 종종 서로의 그림자가 된다

한강에서 피어오른 안개가 행주산성을 넘어와
아침의 길거리를 가득 채운다.
몇 미터 앞도 분간되지 않을 만큼 시야는 흐려지고,
소리는 둔해지며, 사물의 윤곽은 서로의 경계로 스며든다.
그 안개 낀 풍경을 바라보고 있노라면
세상이 본래 이런 모습이 아니었을까 하는 생각이 든다.
우리는 언제나 분명하게 보고 있다고 믿지만 사실은 서로의 그림자 속에서
조금씩 다른 세상을 바라보고 있는 것인지도 모른다.

문득 마음에 걸리는 질문 하나가 떠오른다.
옳음이란 무엇일까.
그리고 그 옳음은 과연 누구의 자리일까.
사람은 누구나 자신이 서 있는 자리에서 세상을 본다.
내가 서 있는 곳이 평지라면 세상은 평평해 보이고,
내가 언덕 위에 서 있다면 세상은 아래로 기울어 보인다.
그러나 그 자리가 세상의 중심일 수는 없다.
세상에는 수많은 자리들이 있고 그 자리마다 서로 다른 시선이 있기 때

문이다.

그래서 옳음은 종종 같음과 다름의 문제와도 닮아 있다.

내가 경험한 것과 같은 것을 우리는 자연스럽게 '정상'이라 부르고,

그와 다른 것을 만나면 낯설다고 말한다.

그리고 그 낯섦은 때로 의심이 되고, 의심은 곧 판단으로 바뀐다.

그렇게 해서 같음은 옳음이 되고, 다름은 틀림이 된다.


그러나 생각해 보면 세상은 애초부터 같음보다 다름으로 이루어져 있다.

숲을 이루는 나무는 모두 다르고,

바다의 파도도 두 번 다시 같은 모양으로 일어나지 않는다.

사람 또한 각자의 시간과 기억을 품고 살아가기에 같을 수 없는 존재
들이다.

그럼에도 우리는 자꾸만 세상을 같음과 다름, 옳음과 그름이라는

단순한 선 위에 세우려 한다.

아마 그것이 마음을 편하게 하기 때문일 것이다.

복잡한 세상을 이해하는 가장 쉬운 방법은 둘로 나누는 것이다.

이쪽과 저쪽.

우리와 그들.

정의와 불의.

그러나 세상은 그렇게 간단히 나뉘지 않는다.

진실은 종종 두 언덕 사이의 골짜기에서 모습을 드러낸다.

지금 우리 사회를 바라보면 그 골짜기에 짙은 안개가 내려앉아 있는 듯
하다.

누군가는 정의라 부르고, 누군가는 폭력이라 부르는 말들이

서로 다른 언덕에서 날아온다.
사람들은 각자의 깃발을 높이 들고 자신의 옳음을 주장한다.
그러나 그 목소리가 커질수록 서로의 말은 점점 들리지 않게 된다.
마치 안개 속에서 서로의 위치를 모른 채 외치는 것처럼.

요즘 우리 사회의 분열은 단순한 정치적 갈등만은 아닌 것 같다.
그 밑바닥에는 정신적인 불안이 깔려 있다.
세상은 너무 빠르게 변하고 사람들은 미래를 확신하지 못한다.
인공지능으로 하루가 다르게 발전하고
경제의 흐름은 예측하기 어려워졌으며
삶의 기준과 가치 또한 흔들리고 있다.
이럴 때 사람은 무언가 확실한 것을 붙잡고 싶어진다.
그래서 사람들은 자신의 믿음을 더욱 단단히 움켜쥔다.
그 믿음이 정치가 되기도 하고 이념이 되기도 하고
때로는 분노가 되기도 한다.

확신은 원래 불안을 잠재우기 위해 태어난다.
그러나 그 확신이 지나치게 단단해지면
다른 생각이 들어올 틈이 사라진다.
의심이 사라지면 사유도 멈춘다.
그 순간 옳음은 진실이 아니라 닫힌 문이 된다.
닫힌 문은 바람을 막을 수는 있지만 빛 또한 들어오지 못하게 한다.
그래서 세상은 점점 더 어두운 방처럼 변한다.
사람들은 서로를 이해하기보다 서로를 설명하려 하고,

설명하기보다 규정하려 한다.

그러나 인간은 정의나 규정으로 설명될 수 있는 존재가 아니다.

우리는 늘 모순 속에서 살아가는 존재이기 때문이다.

누군가는 선한 마음으로도 상처를 남길 수 있고,

누군가는 거친 말 속에서도 진심을 담을 수 있다.

그래서 옳음과 그름은 종종 서로의 그림자가 된다.

한쪽이 밝아질수록 다른 쪽도 함께 짙어진다.

어쩌면 중요한 것은 옳음을 주장하는 일이 아니라

옳음을 의심할 수 있는 마음인지도 모른다.

자신을 잠시 내려놓고 다른 언덕에서 바라본 풍경을 상상해 보는 것.

그것이 같음과 다름 사이에 놓인 다리를 놓는 일일 것이다.

안개 낀 아침을 바라보며 나는 그런 생각을 한다.

안개는 세상을 가리지만 세상을 없애지는 않는다.

보이지 않을 뿐 강도 있고 길도 있고 사람도 여전히 그 자리에 있다.

그래서 안개는 어쩌면 세상이 사라진 순간이 아니라

잠시 겸손해지는 시간일지도 모른다.

확신의 시야가 흐려지고 서로의 윤곽이 부드러워질 때

비로소 우리는 다른 존재를 조금 더 이해하게 되기 때문이다.


옳음은 하나의 언덕일 수는 있어도 세상의 전부는 아니다.

같음 또한 편안한 자리일 수는 있어도 세상의 본질은 아니다.

세상은 수많은 다름이 함께 숨 쉬는 자리이며

진실은 그 사이를 오가는 바람처럼 언제나 움직이고 있다.

그러니 어쩌면 지금 우리 사회에 필요한 것은 더 큰 목소리가 아니라 조금 더 깊은 숨일지도 모른다.
한 발 물러서 안개 속 풍경을 바라보듯
서로의 자리를 잠시 바라볼 수 있는 마음.
그 마음이 없다면 우리는 끝내 묻게 될지도 모른다.
우리가 지키려 했던 옳음은 과연 진실이었을까.
아니면 서로를 보지 못하게 만든 또 하나의 안개였을까.

# 갈대숲에 흔들리는 어머니의 흰 옷고름

회사 사무실 옆에는 작은 습지가 있다.

도시의 시간에서 살짝 비켜선 자리,

그곳에 갈대가 무성하다.

계절이 깊어 가을로 기울면 갈대숲은 온통 하얀 꽃밭이 된다.

바람이 불 때마다 하얀 갈대들이 한꺼번에 몸을 흔들며

빛을 받아 은빛으로 일렁인다.

가끔 회사 3층 베란다에 나와 그 모습을 멍하니 바라보고 있노라면

어김없이 한 사람이 떠오른다.

어머니.

오랜 세월이 흘렀는데도 무슨 연유에서인지 갈대의 그 하얀 결은

늘 어머니의 무명 저고리를 닮아 있다.

바람에 흔들리는 갈대 사이로 언뜻언뜻 드러나는 그 희고 부드러운 빛이

어머니가 눈물을 훔치시던 그 흰 옷고름처럼 보이기 때문이다.

그래서 갈대숲을 바라보고 있으면 어머니의 모습이

기억 속에서 갈대처럼 흔들린다.

군대에 입대하던 무렵의 일이다.

나는 그때 이유를 알 수 없는 전신 통증으로 꽤 오래 고생을 했다.
내가 아프다고 말하는 나보다 그런 아들을 바라보는 어머니의 마음이
아마 더 아프셨을 것이다.
입대하던 날, 어머니는 마을 앞 먼 신작로까지 울며 따라오셨다.
내가 몇 번이나 "이제 돌아가세요" 하고 말해도
어머니의 발걸음은 쉽게 떨어지지 않았다.
결국 더 이상 못 오시게 하자 어머니는 들판 논둑 위에 올라
내가 서 있는 신작로를 바라보고 서 계셨다.
그 들판 논둑 위에 작은 사람 하나가 서 있었다.
버스가 올 때까지 어머니는 계속 울고 계셨다.
그리고 연신 무명 저고리의 흰 옷고름으로 눈물을 닦고 또 닦으셨다.
마침내 버스가 도착하고 내가 탄 버스가 신작로를 돌아 사라질 때까지
어머니는 무명 옷고름을 들어 흔드시며, 연신 눈물을 닦고 계셨다.

어머니에게 자식이라는 존재는 무엇일까.
어머니에게 자식은 몸에서 떨어져 나온 또 하나의 살이며
마음의 가장 깊은 곳에 묶어 둔 목숨 같은 존재였을 것이다.
그래서 자식이 아프면 몸보다 먼저 마음이 아프고,
자식이 떠나면 몸보다 먼저 가슴이 빈다.
그러나 자식은 대개 그 마음의 깊이를 잘 모른다.
자식은 떠나는 쪽이고 어머니는 남는 쪽이기 때문이다.
떠나는 사람은 길을 보고 남는 사람은 등을 본다.
그래서 어머니의 사랑은 언제나 뒤에서 조용히 흔들리는 손처럼
잘 보이지 않는다.

세월이 많이 흘렀다.

이제 나도 어느덧 어머니가 그때 바라보던 그 나이를 훌쩍 넘어섰다.

그런데도 가을이 되어 하얀 갈대가 바람에 흔들리는 모습을 보면

이상하게 마음이 젖는다.

갈대가 일렁일 때마다 그 사이에서 어머니의 흰 옷고름이 흔들리는 것만

같다.

마치 아직도 어디선가 나를 향해 손을 흔들고 계신 것처럼.


가을이 깊었다.

내 고향 마을엔 갈대보다 억새가 더 많다.

아마 지금쯤 마을 앞 산등성이에는

갈대를 닮은 억새가 무더기로 피어 바람 속에서 흔들리고 있을 것이다.

그 억새 숲 어딘가에서 어머니의 흰 옷고름이 여전히 나를 향해

조용히 흔들리고 있는 것만 같다.

# 잡히지 않는 것들과 붙잡아야 할 것들

어렸을 때 먼 산허리에 무지개가 걸쳐지면
긴 대나무 장대를 가지고 산 위에 올라 무지개를 건져 오고 싶었다.
닿으면 닿을 듯한 무지개….
유년의 꿈은 이내 이런 무지개 같은 삶을 좇아왔는지 모른다.

무지개는 대개 비가 온 뒤 나타난다.
비가 그친 뒤의 하늘은 언제나 한 번 숨을 고른 듯 맑다.
구름은 천천히 물러가고, 그 틈을 비집고 햇빛이 스며들 때,
공중에 흩어진 작은 물방울들이 빛을 쪼개어 색으로 펼쳐놓는다.
과학은 그것을 굴절과 반사, 그리고 파장의 분산이라 설명한다.
그러나 인간은 그 설명만으로는 만족하지 못한다.
우리는 그 색의 아치를 바라보며, 늘 다른 이름을 붙인다.
아름다움, 신비, 그리고 희망.
하지만 그 희망은 조건부다.
비가 와야 하고, 빛이 있어야 하며, 보는 이의 자리도 정확해야 한다.
조금만 각도가 어긋나도 무지개는 사라진다.

존재하지만 잡히지 않고, 보이지만 다가갈 수 없다.

그 끝을 향해 한 걸음 내딛는 순간, 그 또한 함께 멀어진다.

김동리의 소설 「무지개」가 건드린 것도 바로 이 간극이었을 것이다.

이상은 언제나 찬란하지만, 현실은 발 아래의 흙처럼 무겁다.

사람은 그 사이에서 흔들린다.

눈부신 색을 좇으면서도, 흙 위에 발을 딛고 살아야 하는 존재이기에.


생각해 보면 우리는 평생 무지개를 좇아온 것은 아닐까.

더 큰 성공, 더 빛나는 이름, 더 완전한 관계.

그러나 무지개를 붙잡으려는 손은 언제나 허공을 쥔다.

희망은 필요하지만, 희망이 환상이 되는 순간 삶은 균형을 잃는다.

상식과 절제, 땀과 시간 위에 세워지지 않은 희망은

빛나지만 실체가 없다.

사업도 그렇고 인간관계도 그렇다.

눈부신 비전이 아니라, 묵묵히 반복되는 일상의 신뢰가 바탕이 된다.

거창한 약속이 아니라, 작은 약속을 지키는 상식이 길을 만든다.

상식은 화려하지 않다.

그러나 그것은 비가 오든 오지 않든 흔들리지 않는 땅이다.


순천역에서 내려 시골집으로 가는 길,

고속도로의 익숙한 산들이 차창 밖으로 스쳐 지나가고,

멀리 산허리에 반쯤 걸린 무지개가 보였다.

어린 시절이라면 차를 세워 달라고 했을지도 모른다.

끝이 어디인지 찾아보고 싶었을 것이다.

그러나 이제는 안다.

그 끝은 애초에 존재하지 않는다는 것을.

이제는 무지개를 좇기보다, 비가 그친 뒤 밭을 둘러보는 사람이 되고 싶다.

색을 붙잡기보다 씨앗을 고르는 사람.

환상을 소유하려 하기보다, 오늘 뿌린 씨가 내일 싹틀 것을 믿는 사람.

무지개를 마음에서 완전히 지워야 할 나이인지도 모른다.

아니, 어쩌면 지운다기보다 제자리에 두어야 할 때일 것이다.

하늘의 것은 하늘에 두고, 나는 땅의 일을 하는 것.


산허리에 걸린 일곱 빛은 잠시 후 서서히 옅어졌다.

차는 시골길로 접어들고, 고향의 흙냄새가 더 짙어졌다.

빛은 사라졌지만, 길은 남았다.

아마도 삶이란 그런 것일 것이다.

붙잡히지 않는 빛을 좇는 대신,

남겨진 길을 묵묵히 걸어가는 일.


이제 무지개를 마음속에서 걷어내야 할 나이가 되지 않았을까.

# 단 하루도 잊어 본 적이 없는 땅, 고향

창밖으로 길을 건너면 행신역 입구가 보인다.
추석 연휴 첫날의 역은 늘 그렇듯 사람들의 발걸음으로 숨이 차다.
캐리어가 바닥을 긁고, 손에 든 선물 상자들이 서로 부딪치며
모두를 하나의 방향으로 밀어낸다.
아, 저들은 지금 고향으로 가는 길이겠지.
그 생각 하나만으로도 마음 한켠이 아련하게 젖어 든다.

옛사람들은 고향을 떠올릴 때 늘 달과 바람을 불러왔다.
당나라 시인 이백은
"상전명월광 의시지상상(牀前明月光 疑是地上霜)"이라 읊었다.
타향의 밤, 창가에 비친 달빛을 서리로 착각하며
고개를 들었다가 다시 숙이며 고향을 떠올리던 그 마음.
수백 년의 시간을 건너, 오늘의 나와 다르지 않다.

고향으로 가는 길은 언제나 설렌다.
그 설렘 속에는 웃음만이 아니라 어머니의 굽은 등,
아버지의 말없던 뒷모습,

이미 흙으로 돌아가 잠든 이름들이 함께 묻혀 있다.

형제의 목소리, 골목을 채우던 친구들의 웃음,

가을이면 유난히 낮게 깔리던 고향의 햇빛.

그 모든 것이 한꺼번에 가슴을 밀고 들어온다.


고향은 단순한 땅이 아니다.

그곳은 내가 처음으로 세상을 배운 자리,

말보다 먼저 눈물을 배웠고,

눈물 뒤에 웃음을 배웠던 기억의 뿌리다.

시인 두보는

"노거고향수 잔잔리상개(老去故鄕水 潺潺理霜開)"라며

늙어갈수록 고향의 물소리가 더 또렷해진다고 했다.

세월이 흐를수록 희미해지는 것이 아니라

오히려 더 선명해지는 것,

그것이 고향이라는 이름의 기억이다.


서울에서 사십 년을 넘게 살았지만

이 도시는 끝내 나를 품지 않는다.

익숙해졌을 뿐, 정들지는 않는다.

밤이 깊어질수록 창밖의 불빛은 차갑고,

사람들 사이를 비집고 다니는 하루하루는 늘 낯설다.

그래서일까.

외로울수록 고향은 더 또렷해지고,

잊으려 할수록 더 깊은 곳에서 나를 부른다.

고려 시대, 우리 옛 시인 정지상은

"대동강 물이 마르기 전에는, 이별의 한이 다하지 않으리라"고 했다.

이별은 곧 고향을 떠남이었고,

고향을 떠난다는 것은

평생 지워지지 않는 한 줄기의 그리움을 짊어지는 일이었다.

나 역시 그렇다.

도시의 시간 속에서 아무 일 없다는 듯 살아가다가도

문득 스치는 냄새 하나, 바람의 결 하나에

고향은 갑자기 눈앞에 서 있다.

삶이 고단해질 때마다 나는 그곳을 떠올리며 스스로를 위로한다.

넘어질 듯 휘청일 때마다 마음속에서 조용히 나를 일으켜 세우는 안식처.

그리고 언젠가는 반드시 돌아가 흙이 되어 누울 곳.


타향에 홀로 선 이방인의 마음은 끝내 고향을 떠나지 못한다.

시간이 흔들릴 때마다 삶의 방향을 잃을 때마다

나는 그 이름을 조용히 불러본다.

고향.

그 한마디 속에는 내가 지나온 모든 계절과

다시 돌아가고 싶은 모든 순간들이 겹겹이 쌓여 있다.

고향은 지금도 내 안에서 살아 있다.

그리움은 시대를 건너 늘 같은 자리에서

같은 방식으로 마음을 적신다.

# 귀촉도, 돌아가지 못한 이름

팔월 추석 대보름.
이슬비가 오후 내내 끈질기게 내리더니
달은 끝내 구름의 뒤편으로 숨어 얼굴을 내밀지 않는다.
밝아야 할 밤이 오히려 더 어둡고,
어둠 속에 스며든 고요는 맑은 밤보다 훨씬 깊고 무겁다.
보름이면 마당까지 흘러 들어오던 은빛이 오늘은 없다.
달빛이 있어야 환해질 뜰도,
그 빛 아래 모여 앉았을 가족의 그림자도
모두 어둠 속으로 가라앉았다.

가을밤은 원래 쓸쓸하지만,
달이 없는 보름은 이상하게도 더 허전하다.
채워져야 할 것이 비어 있을 때,
사람의 마음은 더 쉽게 저며진다.
그 적막을 가르듯 집 뜰 주변 어디선가 소쩍새 한 마리가 운다.
귀촉도, 귀촉도.
이름처럼 귀에 박히는 울음이다.

마치 이 밤이 지나면 다시는 부를 수 없다는 듯

한 음 한 음을 피로 적셔 토해내는 울음.

그 울음에는 쉼이 없다.

잠시 멎는 듯하다가도 곧 다시, 더 낮고 깊은 음으로 파고든다.

마치 가슴 속 어딘가에 맺힌 말을 끝내 삼키지 못해 뱉어내는 것처럼.


옛 중국 촉나라 사람이 사신으로 이 땅에 왔다가

고국이 멸망했다는 소식을 듣고 끝내 돌아갈 길을 잃은 채

식음을 전폐하고 울다 죽어 새가 되었다는 전설.

돌아갈 귀(歸),

촉나라의 촉(蜀),

길 도(途).

돌아가고 싶은 마음이 이름이 되어버린 새.

울다 울다 지쳐 목에서 피가 넘어오면

그 피를 삼키고 다시 운다는 새.

이 땅에 몸은 남았으나 혼은 끝내 고향으로 돌아가지 못한 존재.


생각해 보면 우리는 누구나 한 번쯤 귀촉도가 된다.

떠나온 자리, 돌아갈 수 없는 시간,

이미 사라져 버린 얼굴들을 마음속에서 부르다가

그 이름이 메아리처럼 되돌아오지 않을 때 가슴 한쪽이 시려온다.

오늘은 달이 뜨지 않았다.

그러나 달이 없는 이 밤의 귀촉도 울음은 오히려 더 서럽다.

보일 것이 사라진 자리에 들리는 것만 또렷해진다.

서정주가 노래한 귀촉도가 "피를 토하며 우는 새"였다면,
오늘 밤의 귀촉도는 피조차 삼킬 힘 없이 그저 그리움만 남겨두고
우는 듯하다.
달빛이 있었다면 그 울음은 빛에 씻겨 조금은 엷어졌을까.
그러나 오늘은 구름이 하늘을 닫아버렸다.
울음은 어디에도 닿지 못하고 숲과 뜰과 지붕 끝을 떠돌며
더 깊어질 뿐이다.
오늘처럼 달조차 숨은 밤에는
그 울음이 허공에 부딪혀 되돌아올 곳조차 없다.
그래서 귀촉도는 더 오래, 더 깊이 운다.
마치 묻지 않은 질문을 대신하는 것처럼,
말해지지 못한 사연을 끝까지 붙잡는 것처럼.
돌아갈 수 없다는 사실을 알면서도 돌아가고 싶다고 말하지 않으면
스스로 사라질 것만 같아서.
이 밤, 달은 없고 비는 그쳤지만 숲속의 울음은 멈추지 않는다.

귀촉도, 귀촉도.
그 소리는 새의 울음이 아니라 사람의 마음이 남긴 메아리다.
고향을 잃은 존재가 끝내 이 세상에 남겨두고 가는 가장 처연한 언어.
돌아갈 길을 묻는 한 줄기의 숨.
어쩌면 우리는 달이 뜨지 않는 밤마다 각자의 가슴 속에서
조용히 한 마리 귀촉도를 키우고 있는지도 모른다.

# 칠복아, 이젠 그만 울어라

가끔 고향에 갈 때면 순천역에서 내려 일부러 가까운 지름길을 두고
상사댐으로 난 길을 따라 시골집에 간다.
조금 돌아가는 길이지만, 나는 늘 그쪽을 택한다.
풍경이 아름답기 때문이다.
아름답다는 말로는 다 담기지 않는,
어딘가 애틋하고도 잠긴 빛을 머금은 풍경.
그 길에는 늘 조금 느린 시간이 흐른다.
차창 밖으로 스치는 산자락과 물빛,
그리고 계절마다 다른 색으로 바뀌는 호수 주변의 나무들을 보고 있으면
도시에 남겨두고 온 시간들이 잠시 멈춘 듯하다.

상사댐은 수몰 지구다.
중학 친구 화준이가 그곳에 살았다.
그 친구의 집은 들판 끝, 낮은 산자락 아래 있었고
우리는 서로의 마을을 오가며 놀았다.
여름이면 남강이라 불리던 작은 강가에서 돌을 던져 물수제비를 뜨고
버드나무 그늘 아래에서 젖은 발을 말리며 한참을 앉아 있기도 했다.

지금 그 마을은 물에 잠겨 있다.

잔잔한 수면은 아무 일도 없었다는 듯

하늘을 비추고, 구름을 받아 안고 있다.

저 물 아래 어딘가에 화준이의 집이, 마을 어귀의 감나무가,

버드나무 그림자가 드리워지던 우물가가 아직도 잠들어 있겠지.

아마도 비가 많이 오는 날이면 그 우물가의 돌담과 마루 끝이

잠시 물결 속에서 흔들리고 있을지도 모른다.


그곳을 지나가다 보면 지금은 어디에 사는지 모르는 친구의 얼굴 위로

문순태의 소설 「징소리」가 겹쳐진다.

수몰민의 애환을 그려낸 그 소설 속 주인공 칠복이.

마을이 물에 잠기던 날, 그는 징을 치며 울었다.

그 소리는 단순한 쇳소리가 아니었다.

떠나야 하는 사람들의 가슴을 두드리는 한 시대의 심장을 울리는 소리
였다.

고향을 떠나는 사람들의 발걸음과 남겨진 산과 들의 침묵 사이에서

그 징 소리는 오래도록 울려 퍼졌을 것이다.


그 마을이 잠긴 것은 우리가 고등학교 때였다.

사람들은 이웃들과 헤어져 각자의 삶을 찾아 다른 곳으로 떠나야 했다.

물속엔 여전히 기억의 마을이 있다.

너른 들판과 남강이라는 작은 강,

버드나무 그림자가 드리워지던 우물가,

아이들이 뛰놀던 논두렁과 저녁이면 연기가 올라오던 초가집 지붕들.

그 기억들이 내 마음속 어딘가에서 지금도 희미하게 숨을 쉬고 있다.
사람들은 모두 이웃들과 헤어져 그곳을 떠나 어디론가 흩어졌다.
집도, 짚단도, 제사상도 모두 물 아래로 내려앉았다.
그때의 바람, 그때의 흙냄새,
그때의 친구 목소리가 물결 사이로 들려올 때마다
나는 소설 속 칠복이가 치는 징 소리를 듣는다.
기억 속의 징이 울리면 물 속의 마을이 잠시 깨어난다.
소리의 진동이 산허리를 타고, 잠든 기억들이 파문처럼 퍼져나간다.
수면은 고요하지만 그 아래에서는 오래된 시간들이 뒤척인다.

물이 흙을 삼키듯 세월은 유년의 기억을 삼킨다.
그러나 완전히 삼키지는 못한다.
어디선가 한 점 빛처럼 남아 불쑥 떠오른다.
남은 건 잔잔한 호수와 그 위에 부서지는 햇살 한 줌뿐이지만,
그 햇살 속에는 사라진 마을의 그림자가 겹쳐 있다.
친구의 차를 잠시 세우고 가을 오후의 햇살이 물 속 깊이 박히는
상사댐의 수면을 바라본다.
아무 일 없다는 듯 고요한 물.
그러나 내 기억 속,
소설의 주인공 칠복이는 내가 그곳을 지날 때마다 징을 울린다.

"칠복아, 이젠 그만 울어라."

# 봄, 여름, 가을, 겨울, 나무처럼 살고 싶다

길가의 은행나무 잎들 위로 노란빛이 천천히 덧칠되고 있다.
바람에 한 장씩 흔들릴 때마다 그 색은 새로 더해진 것이 아니라
오래 품어온 시간이 밖으로 배어 나오는 듯하다.
아름다움이란 어쩌면 꾸며짐이 아니라
자신의 생을 끝까지 살아낸 흔적일지도 모른다.

나무는 봄에 가장 순연한 초록으로 세상에 나선다.
아무것도 증명하지 않아도 되는 빛,
그저 살아 있음 자체로 충분한 시절.
연약한 잎맥 속에는 아직 갈 길을 모르는 시간들이 투명하게 흐르고,
햇살 하나에도 온몸을 떨며 반응한다.
우리의 유년과 다르지 않다.
모든 것이 처음이었고, 세상은 크고 나는 작았으며,
그 작음조차 기적처럼 빛나던 시절.

여름이 오면 나무는 자신을 숨기지 않는다.
잎은 서로를 밀치며 무성해지고 빛과 바람을 차지하려 경쟁한다.

비는 거칠고, 태양은 가차 없지만
나무는 그 모든 것을 끌어안고 자기 생을 한껏 펼친다.
우리의 청년기와 장년기 또한 그러했다.
일과 책임, 욕망과 증명이 뒤엉켜 하루하루를 전력으로 통과하던 시간.
쉼보다 속도가 중요했고, 깊이보다 넓이가 필요했던 계절이다.

그리고 가을. 나무는 더 이상 자라려 하지 않는다.
높이를 다투지도, 잎을 늘리지도 않는다.
대신 자신이 살아온 시간을 색으로 바꾸어 세상에 내놓는다.
노랑, 붉음, 갈색으로 이어지는 그 빛은
쇠락의 신호가 아니라 완성의 언어다.
이제야 비로소 나무는 자기 삶을 말할 수 있게 된다.

예순여덟의 나이에 나는 내 안의 나무를 본다.
무성했던 여름을 지나 이제는 색으로 말하는 시기.
더 많이 가지려 하기보다 무엇을 남길 것인가를 생각하게 되는 때.
속도는 느려졌지만 바라보는 눈은 깊어졌고,
말보다는 침묵이 이전보다 더 많은 이야기를 품고 있다.
삶이란 결국 얼마나 오래 버텼느냐가 아니라
어떤 색으로 물들었느냐의 문제였다는 것을 이제야 알 것 같다.

겨울이 오면 나무는 모든 것을 내려놓는다.
잎은 떨어지고, 가지들은 하늘을 향해 앙상한 질문처럼 서 있다.
겉으로 보면 아무것도 남지 않은 듯하지만

그 속에서는 다음 생을 준비하는 고요한 일이 진행 중이다.

멈춤은 끝이 아니라 다음 순환을 위한 가장 깊은 준비.

우리의 노년 또한 그렇지 않을까.

세상에서 한 발 물러나 말을 줄이고, 관계를 정리하고, 비워내는 시간.

그러나 그 비움 속에서 삶은 가장 단단한 중심을 만든다.


그럼에도 나는 나무가 부럽다.

겨울을 지나면 아무 일도 없었다는 듯 다시 봄을 맞이하는 존재.

모든 것을 내려놓고도 또다시 새잎을 틔울 수 있는 존재.

우리의 삶은 계절을 닮았지만 한 번 지나간 봄은 돌아오지 않는다.

그래서 더 절실하게 지금의 계절을 살아야 한다.

그러나 가만히 생각해 보면 우리에게도 나무와 같은 봄은 있다.

새로운 관계, 새로운 이해, 새로운 시선.

몸은 늙어가도 마음은 얼마든지 다시 발아할 수 있다.

비록 같은 초록은 아니어도

더 깊고, 더 은은한 봄이 우리 안에서 다시 시작될 수 있다.

은행나무 잎이 노랗게 물들어 가는 길 위에서 나는 삶을 배운다.

태어남과 자람, 불태움과 내려놓음,

그리고 다시 시작에 대한 희미한 가능성까지.


계절은 반복되지만 그 반복 속에서 매번 다른 빛을 내는 것이 삶이라면,

지금 이 나이의 나는 가장 나다운 색으로

조용히 물들어가도 괜찮지 않을까.

# 누군가의 하루에 조용히 머물다 가고싶다

지난봄,
고향 시골집에서 가져온 국화 줄기 8개를
회사 베란다 한켠 화분에 조심스레 꺾꽂이했었다.
그 가느다란 줄기를 화분에 심어놓고서도
이게 과연 자라서 꽃을 피울까 하는 기대 반 의구심 반의 마음으로
여름 한철을 보냈다.
도저히 뿌리를 내리지 않을 것 같은 그 연약한 줄기에
그러나 바람이 스치고, 비가 적셔가고,
아침마다 한강의 안개가 자유로를 넘어와 잎을 덮는 동안
아무 말 없이 제 몸을 키워 어느덧 무성한 잎을 달고
마침내 망울을 맺었다.

그 작은 봉오리 안에는 여름의 뜨거운 숨결과
가을을 향한 고요한 기다림이 겹겹이 접혀 있다.
시간은 언제나 이렇게 눈에 보이지 않는 방식으로 자신의 일을 해낸다.
꽃은 늘 시간의 비밀을 품고 있다.
우리는 흔히

"어느 날 갑자기 피었다"고 말하지만,
그 '어느 날'은 사실 수많은 낮과 밤이 축적된 결과다.
햇빛이 머문 시간,
비가 스며든 깊이,
바람이 흔들고 간 방향까지
모두가 하나의 질서로 엮여 그 찰나의 피어남을 완성한다.
피어나는 일은 결코 순간의 사건이 아니라
오래된 인내의 다른 이름이다.

나는 신의 존재를 섣불리 긍정하지도, 완강히 부정하지도 않는다.
그러나 꽃 앞에 서면 이성보다 먼저 마음이 흔들린다.
저토록 명징한 빛깔과 흔들림 없는 자태가
어찌 우연의 조합만으로 가능할까.
잎 하나, 선 하나에도
과하지도 모자라지도 않은 질서가 깃들어 있는 것을 보면
세상의 아름다움 뒤편에서 보이지 않는 숨결 하나가
조용히 균형을 맞추고 있는 듯하다.

꽃은 말이 없다.
자신이 어떻게 여기에 이르렀는지 설명하지도,
존재의 이유를 주장하지도 않는다.
그저 태어나 피어날 때가 되면 피고,
스러질 때가 오면 망설임 없이 사라진다.
그러나 그 짧은 생의 전 과정에서

단 한 순간도 자기 자신을 의심하지 않는다.
그 확신에 찬 피어남은 인간이 평생을 걸고도
끝내 다다르기 어려운 완전함처럼 보인다.
꽃이 우리에게 주는 기쁨은 화려함 때문만은 아니다.
그 기쁨의 근원은 존재 자체가 이미 충분하다는 사실을
조용히 증명해 보인다는 데 있다.
무언의 아름다움, 설명되지 않는 질서, 강요하지 않는 진리.
꽃 앞에서는 말 많은 사유조차 잠시 멈춘다.

나는 오늘도 그 국화 앞에 서서 한참을 머문다.
그리고 문득 생각한다.
꽃은 어쩌면 신이 인간에게 남겨둔
가장 조심스러운 대답일지도 모른다고.
"나는 여기 있다"라고 말하지 않고도
충분히 느끼게 하는 방식으로 세상을 밝히는 존재.
말없이 피어나 말없이 기쁨을 건네고, 말없이 사라지는 그 태도 속에
삶이 닮아야 할 어떤 형식이 들어 있다.

나도 언젠가는 그런 존재로 남고 싶다.
크게 주장하지 않아도, 설명하지 않아도
누군가의 하루에 잠시 머물다 가는 조용한 빛 하나로.

## 만남은 이별을 품고 시작된다


우리는 살아가며 수많은 사람을 만난다.
다른 사람의 얼굴을 인식하기 시작하면서부터 지금까지
얼마나 많은 얼굴이 우리 곁을 스쳐 지나갔는가.
어떤 이는 잠시 머물다 떠났고, 어떤 이는 긴 시간을 함께하다가도
어느 날 문득 인연의 방향을 바꾸어 사라졌다.

만남에는 언제나 이별이라는 그림자가 함께 드리워져 있다.
불교의 연기법에서 말하듯,
이 세상에 홀로 존재하는 것은 아무것도 없다.
모든 것은 원인과 조건이 만나 잠시 형상을 이루고
그 조건이 흩어지면 다시 본래의 자리로 돌아간다.
사람과 사람의 만남 또한 그러하다.
우연처럼 보이는 만남도
실은 수없이 겹친 인연의 조건이 잠시 맞닿은 결과일 뿐,
영원히 머물도록 허락된 것은 아니다.

만남 속에는 이미 이별의 씨앗이 들어 있다.

씨앗이 흙을 만나 싹을 틔우듯 이별은 만남의 내부에서 조용히 자라난다.
그러니 만남이 끝났다고 해서 그 인연이 실패한 것은 아니다.
연기란, 생겨남과 사라짐이 동시에 성립하는 이치이기 때문이다.

삶은 끝없는 인연의 강이다.
우리는 그 강변에 포박된 한 그루 나무처럼 서 있다.
강물은 쉬지 않고 흐르고 그 물결 위로 수많은 인연이 흘러온다.
잠시 발목을 적시는 인연도 있고,
한동안 가지에 기대어 쉬다 가는 인연도 있으며,
아무 말 없이 스쳐 지나가는 인연도 있다.

그러나 강물은 같은 모습으로 다시 돌아오지 않는다.
인연여수(人緣如水), 인연은 흐르는 물과 같다.
한 번 흘러간 물은 다시 같은 자리, 같은 모습으로 돌아오지 못한다.
우리는 그것을 붙잡으려 애쓰지만
손아귀에서 빠져나가는 물을 원망할 수는 없다.
물의 본성이 흐름이듯, 인연의 본성 또한 머무르지 않음이기 때문이다.

동양 사상은 이 무상함을 슬픔으로만 보지 않았다.
오히려 그것을 삶의 자연스러운 결로 받아들였다.
머무름이 없기에 집착도 놓을 수 있고,
사라짐이 있기에 다시 새로운 만남이 가능해진다.
비움은 상실이 아니라 다음 인연을 위한 여백이다.

그러니 그대여,
이별 앞에서 자신을 너무 오래 책망하지 말라.
사라진 인연을 붙들지 못했다고 해서 그대의 삶이 가난해지는 것은
아니다.
그 인연은 이미 그대 안에서 하나의 흔적으로, 하나의 배움으로
조용히 자리를 옮겼을 뿐이다.
내일은 아득한 강가에 서서 그대의 그림자조차 물속에 묻힐지도
모르나니…

그러나 그것 또한 연기의 한 장면이다.
그림자가 사라진 자리에 또 다른 빛이 스며들 것이며,
그 빛 속에서 새로운 인연은 다시 말없이 다가올 것이다.

우리는 보내는 법을 배우기 위해 만난다.
놓아주는 법을 익히기 위해 사랑하고,
흘려보내는 법을 깨닫기 위해 함께한다.
그렇게 삶은 만남과 이별을 반복하며
조용히, 그러나 분명하게 우리 안의 집착을 씻어내고
더 깊은 자비의 자리로 우리를 이끈다.
인연은 강물처럼 흘러간다.
흘러가기에 아름답고,
붙잡을 수 없기에 더욱 소중하지 않을까?

# 비움은 도망이 아니라 용기다

나만의 생각일까.

사람의 얼굴을 마주하다 보면 마음이 저절로 닫히는 얼굴이 있고,

이유도 없이 온기를 건네고 싶어지는 얼굴이 있다.

아마 우리는 완성된 조각상보다 아직 다 다듬어지지 않은 돌의 결에

더 오래 시선을 두는지도 모른다.

빈틈이 없는 사람 앞에서는 내가 스며들 틈이 보이지 않는다.

그러나 조금은 서툴고,

어딘가 모자라 보이는 사람 곁에서는

내 마음이 앉을 작은 자리 하나가 보인다.

관계는 능력의 높낮이에서 시작되는 것이 아니라

서로의 숨이 머물 여백에서 시작되는 것인지도 모른다.


장자는 지극한 사람을 물에 비유했다.

물은 낮은 곳으로 흐르되 다투지 않고,

앞을 막는 바위가 있으면 부서지지 않고 돌아간다.

스스로를 드러내려 하지 않지만

끝내 가장 넓은 자리를 차지하는 것이 물이다.

그는 또 말한다.
맑은 물에는 고기가 살지 않는다고.
너무 투명하고, 너무 정제된 곳에는
숨을 고를 틈도, 머물 여백도 없다.
깨끗함을 미덕이라 여기던 인간의 눈에는 역설처럼 보이지만
삶은 언제나 약간의 흐림과 흔들림 속에서 자란다.

우리의 삶도 그러하다.
모든 것을 정돈하고, 모든 답을 미리 준비하고,
흠 하나 없는 상태에 이르려 애쓰는 순간
삶은 오히려 숨을 멈춘다.
완벽하게 채워진 마음에는 새로운 인연이 앉을 자리가 없고,
강박으로 굳어진 의식 사이로는 한 줄기 바람조차 스며들지 못한다.

동양 사상에서 말하는 비움은 아무것도 없는 상태가 아니다.
그것은 가능성의 자리이며,
아직 이름 붙여지지 않은 것들이 머무를 공간이다.
도는 비어 있기에 쓰임이 있고, 그릇은 비어 있기에 물을 담는다.
비어 있음은 결핍이 아니라 무한히 받아들일 수 있는 힘이다.

흐르는 강물은 고이려 하지 않는다.
고이면 썩고, 멈추면 생명을 잃는다.
비움이 있기에 다시 채워지고, 멈춤이 있기에 흐름이 생긴다.
삶도 이와 같아 붙들려는 순간 정체되고,

놓는 순간 다시 움직이기 시작한다.


새는 허공을 날고, 물고기는 물에 산다.
그들은 자리를 소유하지 않는다.
어디에도 고정되지 않지만 늘 제자리에 있다.
그들이 길을 잃지 않는 것은 머무를 곳을 정해두지 않기 때문이다.


그런데 우리 인간은 반대로 살아간다.
자리를 붙잡고, 관계를 소유하려 하고, 의미를 고정하려 든다.
그러나 삶은 정착이 아니라 순환이며,
존재는 소유가 아니라 통과다.
흐름을 거스르려 할수록 우리는 스스로를 잃는다.
그러니 때로는 나를 내려놓아야 한다.
옳음에 대한 집착도, 상처에 대한 기억도,
나라는 틀마저 잠시 비워야 한다.
그 비움의 자리에 바람이 들고, 사람이 들어오며,
삶이 다시 흐르기 시작한다.


비움은 도망이 아니라 용기다.
자신을 비울 수 있는 사람만이 세상과 다시 만날 수 있다.
물처럼 흐르되 다투지 않고, 머무르지 않되 사라지지 않는 삶.
그것이 장자가 말한 자유이며, 동양 사상이 오래도록 가르쳐온
가장 깊고 조용한 철학이 아닐까?

# 아들… 하늘이 정한 인연, 천륜天倫

부모와 자식의 사이는 사람이 맺은 약속이 아니라

하늘이 먼저 엮어 둔 실이다.

눈에 보이지 않으나 끊어지지 않고,

멀리 떨어져 있어도 느슨해지지 않는 실.

세상의 어떤 인연보다 질기고, 어떤 사랑보다 오래 남는 관계.

나는 자식을 낳고, 품에 안고,

수많은 밤을 새우며 성장하는 모습을 바라보면서 스스로에게 물어왔다.


자식이란 무엇인가.

그것은 내 몸을 지나 세상으로 나온 또 하나의 생이지만

결코 나의 소유는 아니다.

내 피를 나누었으되 내 생각을 닮지 않고,

내 숨결을 이어받았으되 다른 하늘을 바라보는 존재.

어느 날 문득 깨닫는다.

자식은 나의 연장이 아니라

나를 통과해 세상으로 나온 하나의 작은 우주라는 것을.

어린 날, 그 작은 손이 내 손가락을 붙잡던 감촉이 아직도 남아 있다.

그 손은 점점 커져 나를 밀어내고 세상의 문을 열고 나갔다.

나는 그 등을 바라보며 서 있었다.

기쁘면서도 서운했고, 대견하면서도 허전했다.


도가에서는 인연을 물처럼 흘려보내라 한다.

막지 말고, 붙잡지 말고, 흘러가는 대로 두라 한다.

그러나 부모의 사랑은 물보다 진하다.

물은 흘러가지만, 피는 되돌아온다.

자식이 세상을 향해 멀어질수록

부모의 마음은 더 깊이 그 자리를 향해 되돌아간다.

그리움은 사랑이 원래 자리로 돌아가는 길이기 때문이다.

낳고, 기르고, 가르치고,

어느 날 장가를 보내고,

또 그 아이가 아이를 낳아

내가 할아버지라는 이름으로 불리는 지금까지도

내 마음은 여전히 그 아이가 처음 울던 밤에 머문다.

마음의 문밖에서는 아직도 자식의 발자국 소리를 기다린다.

늦은 밤, 휴대폰이 울리면

별일 아닌 안부 전화에도 가슴이 먼저 뛴다.

그 기다림은 선택이 아니라 운명이다.

부모라는 이름을 얻는 순간 이미 시작된 영원한 기다림.


이제 나는 먼바다를 건너 또 다른 내 영혼을 만나러 간다.

아들이 낳은 아들, 손주를 만나러….

피가 피를 이어 흘러 또 다른 시간 속에서 숨 쉬는 존재.

핏속의 떨림은 숨길 수 없다.

문득 생각한다.

나 또한 젊은 날 고향을 떠날 때 어머님 아버님의 가슴을 비워두었겠지.

그분들도 이런 마음으로 대문 밖 고샅을 쳐다보며

그리운 아들, 내 소식을 기다리셨을까.

나는 그들의 영혼이었을까.

가슴 한켠에 핏물 같은 회한이 고이고, 늦은 깨달음이 눈물로 번진다.


하늘이 맺고, 땅이 품고, 사람이 이어가는 길.

천륜은 설명할 수 있는 관계가 아니다.

그것은 존재의 뿌리이며, 생이 생을 이어주는 보이지 않는 다리다.

나는 안다.

자식은 내 것이 아니며

언젠가 또 다른 세계로 완전히 건너갈 존재라는 것을.

그러나 그 사실을 알면서도 부모의 마음은 여전히 그 자리에 서 있다.

돌아오지 않아도 괜찮다.

그저 건강히 숨 쉬고 있다는 소식만으로도 하늘이 내게 준 몫은 충분하다.

태평양을 건너는 비행기 안에서 계속 혼자 속으로 중얼거린다.

어서 가자, 비행기야.

# 그때 찬란하여라, 그대

국화가 제격인 계절이다.

회사 베란다에 놓인 일곱 개 화분에도 국화가 만발이다.

흰빛, 노란빛, 연보랏빛이 가을 햇살을 받아

저마다 다른 결로 빛난다.

가을빛이 깊어질수록 그 향은 더욱 또렷해질 것이다.

서늘한 공기가 내려앉을수록 향은 더 맑아지고,

해가 짧아질수록 색은 더 짙어진다.

세상은 제철을 기다리며 순리를 말한다.

봄에는 매화, 여름에는 연꽃, 가을에는 국화라 한다.

그러나 삶은 언제나 그 질서를 조금 비켜 가며 피고 지는 법이다.

달력의 칸은 정확해도 마음의 계절은 늘 제멋대로 흐른다.

웃어야 할 때 울고, 기뻐해야 할 자리에서 문득 허전해지고,

모두가 늦었다 말하는 순간에야

비로소 무언가가 내 안에서 고개를 드는 법이다.

계절도 아닌데 피어나는 꽃이 있다.

아무도 보지 않는 담장 너머,

이른 새벽의 찬 이슬을 견디며, 홀로 자기의 때를 알고 피는 꽃.

그 꽃은 누구에게 자랑하려고 피는 것이 아니라

그저 자기 존재를 조용히 드러내기 위함일 뿐이다.

바람이 알아주지 않아도, 햇빛이 오래 머물지 않아도,

스스로의 향기로 스스로를 증명한다.

누군가의 박수를 기다리지 않고 누군가의 시선을 의식하지 않는다.

그저 피어야 할 시간이 왔기에 피는 것.


우리의 삶도 다르지 않다.

누군가는 젊음의 봄날에 한껏 환하게 꽃을 피우고,

누군가는 늦은 가을에야 비로소 자기 안의 꽃을 마주한다.

또 어떤 이는 세월의 그늘 속에서 그 꽃이 지는 소리를 조용히 듣는다.


피어남이 환희라면 지는 것 또한 하나의 완성이다.

꽃잎이 떨어질 때 비로소 씨앗은 땅을 향해 마음을 내린다.

지지 않는 꽃은 씨앗을 남기지 못한다.

사라짐은 상실이 아니라 다음 생을 위한 준비다.

해가 서쪽으로 기울면 산의 그림자가 천천히 마을로 내려오듯

우리 마음속의 꽃도 그늘 속에서 스스로를 감추고

다시 올 빛을 기다리며 잠든다.


어둠은 끝이 아니라 숨 고르기다.

고요는 멈춤이 아니라 새로운 피어남을 준비하는 시간이다.

마음의 빛은 늘 밖에서 오는 것이 아니다.
누군가의 인정이나 세상의 기준이 아니라
어둠을 지나며 안에서 조금씩 키워 가는 것이다.
찬바람을 견디며 뿌리를 더 깊이 내릴 때 비로소 줄기는 단단해진다.

그러니 서두르지 말라.
남의 봄을 부러워하지도, 자기의 가을을 두려워하지도 말라.
모두에게 각자의 제철이 있다.
보이지 않는 땅속에서 이미 물을 끌어 올리고 있는 뿌리가 있다.
지금 내 안의 꽃이 피지 않아도
그 뿌리는 묵묵히 제 일을 하고 있을 것이다.
조용히, 그러나 끈질기게 자기의 시간을 준비하고 있을 것이다.
언젠가 그대 마음 깊은 곳에서도 한 송이 향기로운 꽃이
홀로 그러나 당당히 피어날 것이다.
세상의 박수와 무관하게,
비교와 경쟁을 넘어 자기의 빛으로.

누가 알아주지 않아도 좋다.
피어나는 순간, 그대는 이미 제철이다.
계절을 넘어 자기의 시간으로 빛나는 한 송이 국화처럼.
서늘한 공기 속에서도 향을 잃지 않고,
짧아진 햇살 속에서도 빛을 거두지 않는 늦가을의 꽃처럼.
그때 찬란하여라, 그대.

# 세월을 건너온 한 장의 청첩장

가끔 오래전 인연들이 먼 바람처럼 불쑥 찾아온다.

수년 동안 잊힌 이름,

침묵 속에 묻혀 있던 관계가 청첩장 한 장으로 다시 모습을 드러낸다.

종이 한 장, 혹은 문자 몇 줄뿐인데도

그 안에는 한 시절의 공기와 온도가 함께 접혀 있다.

마치 오래 잠들어 있던 서랍을 열었을 때

그 안에서 낡은 향기가 먼저 올라오듯이.


자식의 결혼이라 하니 이해는 간다.

삶의 중대사가 찾아올 때 사람들은 본능처럼 과거를 더듬는다.

기쁨이 클수록 그 기쁨을 증언해 줄 사람을 찾고

삶이 새 장을 넘길수록 예전의 장면들을 다시 불러 세운다.

결혼은 한 사람의 일이기도 하지만

한 집안의 시간이 다음 시간으로 넘어가는 의식이기도 하니까.

그러나 내 마음 한편은 늘 난감하다.

시간이 만들어낸 거리, 그 틈에 무엇을 담아야 할지 몰라서다.

"오랜만이야"라는 인사 한마디는 너무 가볍고,

"그동안 잘 지냈니"라는 말은 너무 넓다.

그 사이에는 생략된 시간들이 너무 많다.

서로가 어디서 누구와 어떤 날들을 살았는지,

어떤 기쁨과 어떤 상처를 지나왔는지

알아낼 길 없는 공백이 길게 누워 있다.

그 공백 앞에서 나는 자주 어색해진다.

인연을 이어주는 것은 기억인데,

기억이 희미해질수록 예의는 오히려 더 무거워진다.


나는 한때 함께 웃고 울었던 사람들의 애경사엔

특별한 사정이 아니면 늘 발걸음을 한다.

그것이 내가 맺은 인연에게 지켜온 작은 배려이고

예의라고 생각하기 때문이다.

인연은 거창한 약속이 아니라 작은 순간들이 쌓여 만들어진

신뢰의 형태라고 믿기에,

한 번 맺은 마음은 쉽게 외면하고 싶지 않다.

하지만 끊어진 세월의 사람들 앞에서는 언제나 마음이 흔들린다.

이제는 낯선 이름이 되어버린 번호,

그 속에 여전히 나를 기억하고 있는 누군가.

그 기억이 고맙기도 하고, 그 고마움이 부담으로 변하기도 한다.

무엇이 옳은지보다 어떤 마음으로 답해야 하는지가 더 어렵다.


10년이 훌쩍 넘어 어느 날 중학교 친구에게서 문자 한 통이 도착했다.

"혹시 이 번호가 맞는지, 그리고 이름이 맞는지 모르지만,

결혼식 청첩장을 보냅니다.”
그 문장엔 미안함과 조심스러움이 묻어 있었다.
혹시 틀릴까 봐, 혹시 무례가 될까 봐
한 걸음 물러서서 인사를 건네는 태도.
나는 그 조심스러움 때문에 오히려 더 마음이 저릿했다.
우리가 잊어버린 것은 사람만이 아니라
서로에게 다가가던 방식이었을지도 모른다.

자정 무렵, 미국의 어둠 속에서 다시 그의 전화가 울렸다.
나는 잠결에 휴대폰을 바라보다가 그냥 두었다.
그러나 마음은 이미 깨어 있었다.
전화가 울리는 동안 나는 잠시, 아주 잠시
중학교 운동장의 흙냄새 같은 것을 떠올렸다.
별것도 아닌 일로 웃고, 내일이 영원할 것처럼 떠들던 그때의 소란.
그 시절의 우리는 인연이 ‘지켜야 할 것’이 아니라
그저 ‘함께 있는 것’ 자체였는데,
이제 인연은 ‘어떻게든 예의를 갖춰야 하는 것’이 되어버렸다.

세월은 마음을 성숙하게 만들기도 하지만
때로는 마음을 조심스럽게, 지나치게 조심스럽게 만든다.
참석은 못 하겠지만, 그래도 성의는 전해야 하지 않을까.
그가 건넨 청첩장은 단순한 문자 한 구절이 아니라,
세월을 넘어 내게 건네진 조용한 인사였으니까.
그 인사는 아마 이렇게 말하고 있었을 것이다.

"나는 아직 너를 잊지 않았다."
혹은, "우리가 한때 같은 시간을 살았다는 사실을
나는 소중하게 간직하고 있다."

생각해 보면, 인연이란 항상 가까이 붙어 있는 끈이 아니라
멀어졌다가도 어느 날 문득 다시 손끝에 걸리는 실 같은 것이다.
그 실은 끊어진 듯 보이지만 사실은 아주 가늘게 남아 있었고,
우리는 그 존재를 잊고 살았을 뿐이다.
청첩장은 바로 그 가는 실을 다시 한번 잡아보자는 제안일지도 모른다.
"지금의 우리는 예전과 같을 수는 없지만, 적어도 인사만은 나누자"고.
그러니 나는 답하려 한다.
긴 말을 하지 않아도 좋다. 그저 "고맙다"는 말,
"멀리 있지만 마음으로 축하한다"는 말,
그리고 너의 아들이 새출발을 하는 그날
나는 비록 자리에 서지 못해도
너의 기쁨이 오래도록 이어지길 바란다는 진심.
때로 예의란 거창한 참석이 아니라 상대의 마음을 가볍게 만들지 않으려는
조용한 배려에서 시작되니까.

세월을 건너오는 인연은 대개 화려한 방문이 아니라
이렇게 작은 문장 하나로 찾아온다.
그 작은 문장을 함부로 지나치지 않는 것,
그것이 어쩌면 나이 들어서 배우는
가장 깊은 관계의 공부인지도 모르겠다.

# 은퇴는 종착역이 아닌 환승역이다

얼마 전 고교 후배가 은퇴를 앞두고 찾아왔다.

평생을 기업의 심장에서 뛰던 사람,

숫자와 전략과 보고서 속에서 계절을 보내온 사람.

이제 그 심장 밖으로 걸어 나와야 한다며 조용히 묻는다.

"이제 나는 무엇을 해야 하지요?"

그의 눈빛에는 낯선 공허가 서려 있었다.

일로 촘촘히 짜여 있던 하루가 갑자기 풀려버린 듯,

시간이 손안에서 미끄러져 내리는 느낌이라 했다.

직함이 사라지고, 결재선이 끊기고,

아침마다 울리던 알람 소리가 멎으면 자신이 조금씩 엷어지는 것 같다고.


은퇴라는 말은 어딘가 쓸쓸하다.

은(隱)은 숨어듦이고, 퇴(退)는 물러남이다.

그러나 곰곰이 생각해 보면 그 물러남은 패배가 아니라 방향 전환이고,

그 숨어듦은 도피가 아니라 숨 고르기다.

우리는 너무 오래 "무엇을 하느냐"로 자신을 증명해 왔다.

명함 속 두세 줄의 약력이 한 사람의 전부인 양 믿으며 살아왔다.

그러다 어느 날 그것마저 사라지면 자신도 함께 사라질 것처럼 불안해
진다.

하지만 명함이 사라진다고 존재가 사라지는 것은 아니다.

오히려 그때 비로소 이름만 남은 한 인간이 선명하게 드러난다.

은퇴는 살아온 삶을 정리하는 마침표가 아니다.

그동안 타인의 요구와 조직의 리듬에 맞추어 밖을 향해 열려 있던 시간을
처음으로 자신 쪽으로 돌려세우는 일이다.


살아온 삶에 대한 회고는 필요하다.

그러나 회고는 박물관의 진열이 아니라 내일을 밝히는 등불이어야 한다.

"나는 이런 사람이었다"가 아니라

"나는 이제 무엇을 향해 걸을 것인가"를 묻는 시간.

새벽의 공기가 달라 보일 것이다.

출근 시간에 맞추어 서두를 이유가 사라지면

햇빛의 각도와 새소리의 길이가 보인다.

손끝에 흙을 묻혀보고, 오래 미뤄둔 책을 펼치고,

한때 꿈만 꾸다 접어둔 일을 다시 꺼내보는 것.

그것은 한가로움이 아니라 재구성이다.

사회가 짜준 구조를 벗어나 자신만의 리듬으로 시간을 다시 짜는 작업.

어쩌면 인생 1막은 타인의 필요에 응답하며 달려온 시간이었다면,

2막은 자신의 내면에 응답하는 시간일지 모른다.

그동안 우리는 쓸모를 증명하느라 애썼다.

이제는 의미를 찾아도 좋다.

성과가 아니라 깊이를, 속도가 아니라 방향을 묻는 시기.

“우선 다리 성할 때 여행이나 해봐.”
나는 가볍게 농담처럼 말했다.
그러나 여행은 장소를 옮기는 일이 아니라 시선을 바꾸는 일이다.
익숙한 자리를 떠날 때 비로소 자신이 어디에 있었는지 보이기 때문이다.

은퇴는 종착역이 아니라 환승역이다.
한 노선이 끝났을 뿐, 삶이라는 열차는 여전히 다음 선로를 향해 움직인다.
어떤 이는 봉사로, 어떤 이는 배움으로,
각각의 새로운 방향으로 그 선로를 잇는다.
그리고 중요한 것은 다시 “무엇이 될 것인가”를 묻지 않는 일이다.
대신 “어떻게 살아 있을 것인가”를 묻는 일.
물러남 속에 머묾이 있고, 끝맺음 속에 시작이 숨어 있다.

그날 후배의 등을 보며 나는 생각했다.
이제 그는 직장을 떠나는 것이 아니라 자신에게로 돌아가는 중이라고.
그리고 그 길 위에서 우리는 또 한 번,
처음처럼 서툴게, 새로운 여정을 시작하는 것이라고.

그러면서 문득 스스로에게 되묻는다.
“너의 2막은 언제 시작되는 거니?”

# 이 변화의 끝은 어디일까

아들과 가끔 대화를 나누다 보면 답답하고 쓸쓸할 때가 있다.

말은 오가는데, 어딘가 미묘하게 어긋난다.

세대 차이로 느끼는 간극이다.

어쩌면 그것은 단지 나이의 간극이 아니라,

시간이 흘러가는 속도를 따라잡지 못하는 마음의 간극일지도 모른다.

나는 아직 어제의 리듬으로 생각하는데,

그는 이미 내일의 언어로 말하고 있다.

같은 단어를 쓰지만, 그 단어가 닿는 세계는 서로 다르다.

이제는 부모와 자식 사이만의 이야기도 아니다.

서너 해 차이의 젊은이들끼리도 서로의 언어와 감각이 다르다고 한다.

어제의 유행은 오늘의 낡음이 되고,

오늘의 상식은 내일의 구시대가 된다.

세상은 너무 빠르게 변하고, 과학 문명의 빛은 눈부시게 앞서 달린다.

조금만 시선을 거두면 이미 뒤처진 사람이 되어 있다.

뒤처졌다는 자각은 은근히 자존심을 긁고, 은근히 마음을 고립시킨다.

AI의 시대,

지능은 인간의 손을 떠나 스스로 사고하고 스스로 배운다.

인간의 노동을 대신하고,

인간의 상상을 흉내 내며 이제는 감정의 영역으로까지 침투해 오려 한다.

기계는 점점 더 정교해지고, 우리는 점점 더 효율을 요구받는다.

빠르지 않으면 쓸모없고, 익숙하지 않으면 도태된다는

보이지 않는 압박이 공기처럼 흐른다.


도대체 이 변화의 끝은 어디일까.

기계가 인간을 닮아간다면, 결국 인간은 무엇으로 남을 것인가.

속도에서 밀리고, 계산에서 지고, 기억력과 정보량에서도 뒤처진다면

인간의 고유함은 어디에 있을까.

아마도 그것은 느림일지도 모른다.

망설임일지도, 후회일지도, 쓸데없는 질문일지도 모른다.

기계는 효율을 추구하지만, 인간은 의미를 묻는다.

왜 사는지, 어디로 가는지,

이 선택이 옳은지, 이 관계가 진짜인지.

이 불완전한 질문들 속에 인간의 자리가 남아 있지 않을까.

이 거대한 흐름 속에서 우리는 모두 떠내려가고 있다.

편리함을 누리며, 동시에 불안을 삼킨다.


문명의 빛이 밝아질수록 그늘은 더욱 짙어진다.

빛은 사물을 또렷이 드러내지만, 그 그림자는 우리 발밑에 길게 눕는다.

나는 가끔 어린 시절의 산과 들판을 누비고, 소와 염소를 몰며,

풀잎 사이로 불어오던 바람의 냄새를 떠올린다.

그 단순했던 시간들.

해가 지면 하루가 끝났고, 별이 뜨면 세상이 조용해졌다.

그때는 세상이 이렇게 빨리 달리지 않았다.

아니, 내가 세상의 속도를 의식하지 않았던 것일까.

다시는 돌아갈 수 없는 시간.

그러나 그 시간은 내 안에 아직 남아 있다.

흙냄새와 바람결, 손에 잡히던 온기와 땀의 감각.

그 기억이 나를 붙들어준다.

너무 빨리 휩쓸려가지 않도록.


가끔 스스로에게 묻는다.

"너는 어디까지 휩쓸려갈 거니?"

세상의 속도에 맞춰 숨이 찰 때까지 달릴 것인가,

아니면 어느 지점에서 잠시 멈추어 설 것인가.

아들과의 간극 앞에서 느끼는 쓸쓸함도

어쩌면 내가 멈추어 서 있는 자리에서

아들을 바라보고 있기 때문일 것이다.

그는 앞으로 가고 있고, 나는 그 뒷모습을 본다.

그러나 생각해 보면 나 역시 한때는 그렇게 앞서 달렸고,

내 아버지는 나를 바라보며 비슷한 쓸쓸함을 느꼈을지도 모른다.

세대 차이는 어쩌면 시간이 건너는 다리 위에서

서로 다른 방향을 보는 일일 뿐이다.

같은 다리 위에 서 있으면서도 한 사람은 미래를,

한 사람은 지나온 길을 바라본다.


그러니 나는 완전히 휩쓸려가고 싶지도,
완전히 멈춰 서 있고 싶지도 않다.
흐름을 인정하되 내 중심을 잃지 않는 것.
속도를 배우되 느림을 잊지 않는 것.
아들에게서 배우고, 내가 지나온 시간을 잊지 않으며,
그 사이 어딘가에서 조용히 나의 자리를 지키는 것.
어쩌면 인간으로 남는다는 것은 바로 그 일인지도 모른다.
빠름 속에서도 자기만의 속도로 의미를 묻고,
사랑을 선택하고,
쓸쓸함을 견디는 일.

# 나는 나를 얼마나 오해하고 있는가

미국 아들 집에 머무는 동안이었다.
시차에 어긋난 몸이 얕은 잠을 오르내리던 한밤중,
한국에서 전화 한 통이 걸려 왔다.
"곧 임종하십니까?"
잠결에 들은 그 말은 마치 홍두깨로 뒤통수를 얻어맞은 듯 멍했다.
너무도 불쾌하고, 너무도 황당해서 전화를 끊었다.
잠시 후 다시 울리는 벨 소리, 또 끊었다.
아마 번호를 잘못 눌렀겠지.
"잘못 거신 것 같습니다."
짧게 문자를 보내고는 스팸으로 처리했다.

그 일은 거기서 끝났어야 했다.
그저 우연히 빗나간 숫자 하나의 해프닝으로.
그러나 이상하게도 그 짧은 문장은 내 안에 오래 남았다.
"곧 임종하십니까?"
누군가에겐 단순한 확인이었을 말이
나에겐 한순간 삶의 끝을 호출하는 음성처럼 들렸다.

아직 살아 있고, 아직 숨 쉬고 있는데 나는 잠시 '죽음의 대상'이 되어 있
었다.

말은 그렇다.

그 자체는 소리의 배열에 불과하지만,

받는 이의 마음속에서는 전혀 다른 의미로 번져간다.

말은 화살처럼 곧게 날아가기도 하지만 더 자주 엉뚱한 곳을 찌른다.


살다 보면 우리의 의지와는 무관하게

전혀 엉뚱한 일들이 문득 삶을 흔들고 간다.

뜻하지 않은 오해,

잘못 걸린 말 한마디,

부주의하게 던진 농담,

확인되지 않은 추측. 그것이 마음의 깊은 곳을 건드릴 때가 있다.

특히, 한때 마음을 나눴던 사람에게서 오는 오해는

그 어떤 폭언보다 아프다.

그들은 나를 알고 있다고 믿었고,

나 역시 그들의 신뢰 안에서 나를 지탱해 왔기 때문이다.

그 믿음이 깨지는 순간 인간의 자존은 얇은 유리처럼 금이 간다.


나는 아직도 고교 시절 학교 선배로부터 받았던

그 도둑의 오해를 완전히 용서하지 못한다.

속이 좁아서일까.

아니면 나의 자존이 너무 깊이 훼손되었기 때문일까.

그는 사실을 확인하지 않았다.

그저 '그럴 수도 있다'는 가정 위에 나를 올려놓았다.

그런데 그 당시 상황이 오해받을 수밖에 없을 만큼 거의 비슷했다.

아, 이렇게 해서 사람들이 억울한 누명을 쓰고 죽을 수도 있겠구나 싶었다.

그러나 아무리 상황이 그렇다 한들 믿고 신뢰했던 선배가

사실관계도 확인하지 않고 단번에 나를 의심했다는 그 사실이

수년간의 신뢰를 가볍게 지워버렸다.

20여 년이 지나 우연히 만난 어느 모임에서 그 선배에게

"난 아직도 당신을 용서하지 않는다"고 했다.

그 상처가 나무의 옹이처럼 심장에 박혀 있었기 때문이다.


말은 그렇게 관계의 시간을 단번에 잘라낸다.

인간의 말은 생각보다 거칠고, 인간의 마음은 생각보다 여리다.

우리는 스스로를 강하다고 믿지만

실은 단어 하나에 밤잠을 설칠 만큼 취약한 존재다.

왜 그럴까.

말은 단순한 정보가 아니라 존재에 대한 평가이기 때문이다.

"너는 그런 사람이야."

혹은 "나는 너를 그렇게 본다."

그 속에는 판단이 있고, 그 판단은 곧 나의 정체성을 흔든다.

인간의 자존은 완전히 혼자 서 있는 나무가 아니다.

타인의 시선과 이해라는 바람 속에서 겨우 뿌리를 내리고 있다.

그래서 그 바람이 방향을 바꾸면 뿌리도 함께 흔들린다.

그러나 또 한편으로 그 상처 덕분에 나는 알게 되었다.

내가 얼마나 연약한지, 얼마나 타인의 인정에 기대어 살아왔는지.

자존은 타인의 인정 위에 세워지는 성이 아니라
오해 속에서도 자신을 버리지 않는 마음에서 비로소 시작된다는 것을.


누군가 나를 오해할 수 있다.
그것은 어쩌면 피할 수 없는 일이다.
우리는 서로의 전부를 알 수 없고,
말은 언제나 마음의 일부만을 옮길 뿐이니까.
문제는 그 오해가 나를 설명하게 두느냐,
아니면 내가 나를 다시 정의하느냐다.


다시 그날 밤, 잘못 걸려 온 전화 한 통이 내게 묻고 있었다.
"너는 너 자신을 얼마나 오해하지 않고 있니?"
타인의 오해에 분노하면서도 나는 나를 얼마나 자주 오해해 왔는가.
나는 스스로에게 얼마나 성급한 판단을 내려왔는가.
실패 한 번에 나를 무능하다 단정하고,
실수 하나에 나를 부끄러운 존재로 낙인찍지 않았던가.
어쩌면 인간의 가장 깊은 상처는 타인의 오해가 아니라
스스로에 대한 오해인지도 모른다.
말은 칼이 될 수 있다.
그러나 침묵도 때로는 칼이 된다.
확인하지 않은 추측,
묻지 않은 채 믿어버린 의심,
설명할 기회를 주지 않는 태도.
우리는 그렇게 서로를 잃어간다.

그래서 더 조심해야 할 것은 말의 정확성보다 마음의 온도일지 모른다.

사실을 말하더라도 그 안에 상대를 지키려는 배려가 없다면

진실은 폭력이 된다.

인간은 생각보다 상처에 약하다.

그러나 동시에 생각보다 회복할 힘도 있다.

오해는 관계를 무너뜨릴 수 있지만 그 오해를 넘어서는 성찰은

나를 단단하게 만든다.

그날 이후 나는 가끔 멈춰 선다.

말을 던지기 전에,

판단을 내리기 전에,

내가 지금 누군가의 자존을 건드리고 있지는 않은지.

그리고 조용히 스스로에게 묻는다.

나는 지금 나 자신을 얼마나 정확히 이해하고 있는가.

나는 혹시 나에게조차 잘못 걸린 전화를 하고 있지는 않은가.

# 삶은 그리움의 연속이다

그대에게 편지를 씁니다.
매화가 핀다고 편지를 쓰다가
매화꽃 지면 산벚꽃이 핀다고 편지를 쓰고,
산벚꽃 지면 아카시아꽃 마을로 내려온다고 편지를 씁니다.

아카시아꽃 지면
뜨락에 감꽃이 핀다고 편지를 쓰고,
꽃들이 피고 지고 피고 지고
어느새 예순여덟 해.
올해도 창밖에 국화가 핀다고 편지를 씁니다.

일 년 삼백육십오 일,
제 편지에는 한결같이 꽃이 피고 지는데
그리운 그대 아직 답장이 없습니다.
혹시 그대도 어느 하늘 아래,
어느 바람 속에서
꽃으로 피느라 답이 없는 거겠지요.

삶은 어쩌면 그리움의 다른 이름인지도 모른다.

우리는 무엇을 기다리며 사는가.

봄을 기다리고, 꽃을 기다리고,

누군가의 발자국 소리를 기다리고,

이미 지나간 시간의 한 장면을 다시 떠올리며

그 자리에 서 있기를 기다린다.


매화가 필 때까지 겨울을 견디듯,

벚꽃이 오기까지 바람을 참고 서 있듯,

인생 또한 보이지 않는 어떤 순간을 향해

조용히 숨을 고르며 흘러간다.

꽃은 피기 위해 긴 시간을 준비한다.

보이지 않는 뿌리의 어둠 속에서

물과 바람과 햇빛을 견디며 아무도 모르게 몸을 부풀린다.

그리고 마침내 피어난다.

그러나 그 찬란함은 오래 머물지 않는다.

곧 지고, 흩어지고, 땅으로 스며든다.

그럼에도 우리는 매년 꽃을 기다린다.


그리움도 그렇다.

한 번 피었다가 지고, 또 다른 이름으로 돌아온다.

어린 날의 그리움은 설렘이었고,

젊은 날의 그리움은 열망이었으며,

지금의 그리움은 고요한 미소에 가깝다.

사람은 늘 무엇인가를 잃으며 살아간다.

잃은 자리마다 그리움이 스민다.

그러나 그 빈자리가 없다면 기다림도, 설렘도 없을 것이다.

삶은 완성의 상태가 아니라 늘 미완의 문장이다.

마침표를 찍지 못한 채 다음 계절을 향해 한 줄 더 이어 쓰는 이야기.

꽃이 피고 지는 것을 바라보며 우리는 비로소 안다.

끝없는 그리움 속에서 우리가 여전히 살아 있다는 것을.


그리움은 결핍이 아니라 숨결이다.

누군가를, 어떤 시절을, 혹은 아직 오지 않은 내일을 향해

마음이 움직이고 있다는 증거다.

그러니 삶은 그리움을 견디는 일이 아니라

그리움 속에서 피어나는 일인지도 모른다.

꽃이 다시 필 것을 알기에 겨울을 지나고,

그리움이 다시 다른 빛으로 돌아올 것을 알기에

우리는 오늘도 하루를 건넌다.

피고 지는 사이,

기다림과 잊힘의 사이에서 조용히 숨 쉬며.

그리움은 끝나지 않는다.

그러나 바로 그 끝없음 속에서

삶은 은은히, 그러나 확실하게 계속 피어난다.

생은 결국 끝나지 않는 그리움의 연속 아닐까?

# 우리의 삶은 한 권의 시집이 되어가고 있다

직원들과 점심을 먹고 나서 차 한잔 겸
우리는 회사에서 조금 떨어진 헤이리의 작은 음악감상실을 찾았다.
문을 열자 바깥의 현실은 천천히 닫히고
안쪽의 공기는 전혀 다른 분위기를 연출하고 있었다.
오래된 스피커에서 흘러나오는 곡은 안톤 브루크너의 교향곡 7번 2악장,
그 선율은 천장을 향해 오르다가 보이지 않는 돔을 따라 둥글게 굽이치며
우리 머리 위를 맴돌았다.
마치 돌기둥이 늘어선 성당 안에 앉아
누군가의 마지막을 위로하는 기도에 참여한 사람처럼
우리는 조용히 잔을 들고 있었다.
이 곡이 리하르트 바그너의 죽음을 애도하며 쓰였다는 사실을 떠올리자
음악은 더 이상 음표가 아니었다.
그것은 한 인간이 다른 인간에게 건네는 한없는 존경의 인사,
떠나는 이를 향한 위로였다.
빛바랜 벽지 위로 가을 햇살이 미세하게 번지고
공중의 먼지들이 그 빛 속에서 천천히 떠다녔다.
사람들은 오직 침묵 속에서 음을 고르고 있는 듯했다.

말하지 않음이 오히려 더 깊은 언어가 되었다.

그때 문득, 시는 무엇인가 하는 물음이 내 안에서 조용히 고개를 들었다.

시는 과연 글인가.

행과 연으로 나뉜 문장인가.

아니면 은유와 상징의 기술인가.

그러나 지금 이 순간, 나는 아무 글도 읽고 있지 않았다.

다만 음악이 가슴 안쪽을 아주 느리게 흔들고 있을 뿐이었다.

그 떨림, 설명할 수 없지만 분명히 존재하는 그 미묘한 흔들림.

아마 그것이 시일 것이다.

시는 문자 이전의 상태, 의미로 굳어지기 전의 감각,

영혼이 스스로를 알아보는 순간의 미세한 파동.

한 줄의 시와 한 소절의 선율과 한 번의 붓질은

모두 같은 자리에서 시작된다.

누군가 자신의 안쪽을 열어 세상에 내어놓는 그 순간,

예술은 비로소 시가 된다.


브루크너의 선율이 천천히 사라지고 잠시 공기가 멈춘 듯 고요가 흘렀다.

그 침묵은 공백이 아니라 여운이었다.

이어 들려온 것은 안토니오 비발디의 글로리아,

장엄한 애도의 그림자 위로 맑고 투명한 빛이 내려앉았다.

목소리는 하늘을 향해 올라가고 우리는 그 빛 속에서

잠시 다른 사람이 되었다.

슬픔도 시이고, 환희도 시이며,

그 둘 사이를 오가는 우리의 숨 또한 시다.

앞에 놓인 찻잔의 온기가 식어갈 무렵 문득 깨달은 것은
우리의 말이 모두 침묵으로 돌아간 뒤에도
삶은 멈추지 않고 어딘가에서 계속 한 편의 시를 쓰고 있다는 사실을,
회의실의 숫자 속에서도,
퇴근길의 발걸음 속에서도,
누군가의 눈빛과 낙엽이 부서지는 소리 속에서도 시는 조용히 태어난다.
시는 특별한 사람이 쓰는 것이 아니라 잠시 멈추어 듣고, 바라보고,
흔들리는 사람에게 저절로 깃드는 것인지도 모른다.

음악감상실을 나서며 느낀 건
종이에 적히지 않아도 이미 존재하는 문장이 있고,
말로 남기지 않아도 이미 완성된 시가 있다는 것이다.
그리고 우리의 하루하루가 알지 못하는 사이
조용히
한 권의 시집이 되어가고 있다는 것이다.

# 철새가 건너온 하늘, 우리가 건너갈 시간

매년 가을 이맘때면,

내가 가끔 거주하는 사택 주변 파주 송촌동의 빈 들녘은

바람보다 먼저 철새들의 날갯짓으로 출렁인다.

벼를 거둔 논은 황금빛을 벗어놓고 고요히 숨을 고르지만,

그 고요는 오래가지 않는다.

떨어진 낟알 사이로 작은 부리들이 분주히 움직이고,

하늘은 어느새 수백의 그림자를 담아낸다.

바람이 지나가기 전, 이미 새들이 먼저 도착해 있다.

가을볕은 낮게 기울어 들판을 비추고,

철새들은 그 빛 속에서 한껏 깃을 털어낸다.

긴 여정 끝에 닿은 안식의 자리처럼,

그들의 몸짓은 지친 듯하면서도 또렷하다.

허기를 채우는 부리의 움직임 속에도

새들 사이엔 알 수 없는 그 어떤 깊은 질서가 스며 있다.

그들은 어디서부터 날아왔을까.

먼 북쪽, 얼어붙은 바이칼 호수의 가장자리에서,

혹은 인간의 발길이 거의 닿지 않는 습지와 강가에서

첫 날갯짓을 시작했을지도 모른다.

지도도 없이, 표지판도 없이,

그 긴 거리를 건너온다는 사실은 생각할수록 경이롭다.

그들에게는 아마 별빛의 방향과 바람의 느낌,

대지에서 올라오는 미세한 온도의 차이,

그리고 무엇보다도 '돌아가야 할 곳'을 기억하는

몸의 기억이 있을 것이다.


철새들은 묻지 않는다.

왜 떠나야 하는지,

왜 다시 돌아와야 하는지.

그들은 계절의 맥박에 맞추어 몸을 기울일 뿐이다.

자연의 부름이 들리면 떠나고, 자연의 숨결이 잦아들면 머문다.

그 단순함이 오히려 깊다.

인간은 다르다.

우리는 떠나기 전에 망설이고, 돌아오기 전에 계산한다.

손익을 따지고, 체면을 헤아리고,

상처를 예감하며 발걸음을 늦춘다.

그래서 더디고, 그래서 때로는 외롭다.

그러나 가만히 생각해 보면 우리 또한 철새와 크게 다르지 않다.

보이지 않는 바람이 우리를 밀어내고,

보이지 않는 계절이 우리를 부른다.

젊음이라는 여름이 지나면 우리는 또 다른 기후 속으로 옮겨가고,

어느 날 문득
익숙했던 자리에서 낯선 자리가 되어버린 자신을 발견한다.

우리는 어디로 향하고 있는가.
철새처럼 분명한 목적지를 알고 있지는 않다.
그러나 삶은 우리를 끊임없이 이동시킨다.
직장을 옮기고,
사람을 떠나고,
고향을 뒤로하고,
또다시 어느 장소에 뿌리를 내린다.
그 과정에서 우리는 무언가를 얻고 또 무언가를 잃는다.
어린 날의 맑은 믿음, 뜨거웠던 첫 꿈,
돌아가고 싶지만 돌아갈 수 없는 시간들.

철새는 매년 같은 하늘을 건너오지만
같은 개체가 영원히 반복되는 것은 아니다.
삶 역시 그렇다.
비슷한 계절이 돌아와도 그 안의 우리는 이미 달라져 있다.
들녘 위를 도는 새들의 무리를 바라보다가
문득 가슴 깊은 곳에서 질문이 떠오른다.
우리는 어디로부터 와서,
무엇을 잃은 채
다시 어디로 돌아가고 있는가.
혹시 우리 안에도 잊히지 않는 '귀소 본능' 같은 것이 있어

언젠가는 반드시 어떤 자리로 되돌아가게 되는 것은 아닐까.
그곳이 특정한 지명이 아니라, 한때의 마음 상태이거나
처음 숨을 쉬던 자리일지도 모른다.

가을 들녘의 하늘은 유난히 높다.
새들은 한 차례 더 원을 그리며 내려앉고, 볏짚 사이로 빛이 부서진다.
그 모습을 바라보며 나는 생각한다.
어쩌면 삶이란 정착이 아니라 이동의 연속이며,
소유가 아니라 통과의 시간인지도 모른다고.
철새가 떠나듯 우리도 떠나고,
철새가 돌아오듯
우리도 언젠가 자신의 이름이 처음 불렸던 자리로
조용히 귀환하게 되지 않을까.
그곳이 어디인지 정확히 알지 못해도,
이미 우리는 그 방향을 향해
하루하루 날고 있는지도 모른다.

# 어딘가에 홀로 피고 홀로 지는 꽃이 있다

꽃이 핀다 하여 모두가 한꺼번에 피는 것은 아니다.

꽃이 진다 하여 모두가 같은 시간에 사라지는 것도 아니다.

봄이라는 이름을 부르지 않아도

어딘가에는 제 계절을 모른 채 홀로 피었다가

아무도 알아보지 못한 채 조용히 지는 꽃이 있다.

우리의 길 위에 그런 꽃 하나쯤 없으랴.


동양의 사유(思惟)에서 꽃은 늘 자연의 한순간이지만

그 순간은 결코 반복되지 않는다.

노자(老子)는 말했다.

"만물은 스스로 그러하며 피고 지는 것에 뜻을 두지 않는다"고.

그러나 사람은 뜻을 묻는다.

왜 지금 피었는지,

왜 이토록 이르게 졌는지.


계절은 공평하지만 존재는 늘 불공평하다.

어떤 꽃은 봄 한가운데서 환호를 받지만

어떤 꽃은 계절의 가장자리에서 자기 자신에게만 보인다.

그림자가 해 저문 산그늘 속으로 스며들 듯

우리 안의 꽃 또한 세월이라는 그늘 속으로

말없이 이동하고 있을 것이다.

젊음의 햇볕 아래서 피었던 마음도

어느 순간부터는 기억의 그늘에서 조용히 다시 핀다.


장자(莊子)는 말했다.

"삶과 죽음은 아침과 저녁이 바뀌는 것과 같다"고.

피고 지는 일은 끝이 아니라 변환이며, 상실이 아니라 이동이라고.

그러니 홀로 피고 홀로 지는 꽃은 외로운 것이 아니라

도(道)를 온전히 따르는 것이다.

우리가 지나온 시간 속에도 아무에게도 보여주지 못한 채

피었다 진 마음들이 있다.

말하지 못한 사랑,

드러내지 못한 슬픔,

끝내 완성되지 못한 꿈…,

그러나 그것들은 헛되이 사라진 것이 아니다.

불교에서 말하듯 무상은 허무가 아니라 집착을 내려놓으라는 가르침이다.

꽃은 피는 순간에도 이미 지고 있고,

지는 순간에도 이미 다른 생을 준비한다.

그러니 지금 우리 안에서 홀로 피고 있는 꽃이 있다면 서두르지 말자.

지금 막 져 가는 꽃이 있다면 붙잡지 말자.

피고 지는 모든 것은 자기 몫의 시간을 이미 다 살아내고 있으니….

결국 우리는, 꽃을 소유하는 존재가 아니라 꽃이 지나가는 길이다.
그 길 위에서 피어났던 모든 순간과 져 갔던 모든 마음이
겹겹이 쌓여 지금의 나를 이루고 있을 뿐이다.

오늘도 어딘가에서 계절을 묻지 않은 꽃 하나가
홀로 피고 있을지 모른다.
그리고 아무도 모르게 홀로 지고 있을 것이다.
그것으로 충분히 아름답게,
누군가의 시선이 닿지 않아도 하늘은 그 피어남을 알고,
바람은 그 향기를 기억한다.
빛이 스쳐 간 자리마다 보이지 않는 씨앗 하나씩 남아
다음 계절을 준비하고 있을 것이다.
우리 또한 그러하리라.
지나온 기쁨과 상처의 자리마다 작은 씨앗 하나씩 묻어두고
또 다른 봄을 기다리며 살아가고 있을 거니….

# 그 먼 시간 너머의 아버지

나는 가끔 있음과 없음이라는 물음 앞에 오래 머문다.
있다는 것은 무엇이며, 없다는 것은 또 무엇인가.
사라졌다고 말하는 순간에도 어떤 흔적은 남아 있고,
곁에 있다고 느끼는 순간에도 이미 조금씩 멀어지고 있는 것이
우리의 존재가 아닌가.
이것은 단지 나의 사변적 취미 때문이 아니다.
삶 자체가 늘 그 경계 위에서 흔들리기 때문이다.
태어나는 순간부터 우리는 사라짐을 향해 걸어가고,
무언가를 얻는 동시에 다른 무엇을 잃는다.
있음은 늘 없음의 그림자를 데리고 있고,
없음은 어딘가에서 또 다른 있음의 싹을 틔운다.

노자(老子)는 유(有)와 무(無)는 서로를 낳는다고  말한다.
형태는 비어 있음에서 비롯되고, 비어 있음은 형태를 통해 드러난다고.
그렇다면 어느 쪽이 근원이라 말할 수 있을까.
없음이 있음을 품고, 있음이 없음을 잉태하니
결국 둘은 하나의 숨결, 하나의 호흡에 지나지 않는다.

꽃은 피는 순간 이미 지기 시작하고, 지는 순간에도 다음 생을 준비한다.

별은 어둠 속에서만 빛을 드러내고,

어둠 또한 별빛으로 인해 비로소 깊이를 얻는다.

존재는 스스로 단독으로 서지 못한다.

그것은 늘 반대편을 통해 자신을 증명한다.

삶과 죽음도 그러하다.


장자(莊子)는 삶과 죽음을 아침과 저녁의 교대에 비유했다.

한쪽이 물러나면 다른 쪽이 나타나는 자연의 순환.

그 흐름 안에서는 상실도 절대적인 단절이 아니다.

그저 다른 자리로의 이동일 뿐이다.

그렇다면 사람의 마음속 존재는 어떠한가.

사랑했던 이가 세상을 떠났을 때 우리는 그를 '없다'고 말한다.

그러나 정말로 없는가.

기억 속에서, 말끝에서, 무심코 떠오르는 표정 속에서

그는 여전히 살아 숨 쉬지 않는가.

부재는 다른 방식의 존재다.

눈앞에 없을 뿐, 마음속에는 더욱 또렷이 새겨져 있다.

그리움은 상실의 증거가 아니라 여전히 존재하고 있다는 증명이다.


이 밤, 오랜만에 찾은 시골 고향,

2층 창가에 앉아 아버지를 떠올린다.

바람은 고요히 흐르고, 열아흐레 달빛이 뜨락에 내려앉아 있다.

그 달빛 아래서 나는 묻는다.

이 땅에 계셨던 아버지는 지금 어디에 계신가.

없음의 저편인가, 있음의 다른 자리인가.

어릴 적 나를 안아 올리던 그 두 팔의 온기,

흙냄새가 묻어 있던 손바닥,

저녁 어스름 속에서 들려오던 기침 소리.

내 유년의 그 모든 것은 과연 사라졌는가.

아니면 내 기억이라는 그릇 속에서 여전히 숨 쉬고 있는가.

존재란 무엇인가. 물리적 형체인가,

아니면 누군가의 마음속에 남아 있는 울림인가.


있음과 없음은 단절이 아니라 서로를 비추는 거울인지도 모른다.

내가 아버지를 그리워하는 이 순간,

아버지는 또 다른 방식으로 내 안에 존재하고 있다.

그러니 나는 함부로 말하지 못한다.

있다, 없다를. 존재한다, 사라졌다를.

우리는 모두 경계 위의 존재다.

형체를 지닌 채 잠시 머물다가 이름과 기억으로 옮겨가는 존재.

눈에 보이는 자리에서 사라져도 사라진 자리는 또 다른 방식으로 채워
진다.

이 밤, 나는 안다.

있음과 없음의 경계 너머에서

그 먼 시간 너머에서 아버지는 여전히 나를 바라보고 있고,

나는 여전히 그를 부르고 있다는 것을.

존재는 사라지지 않는다.
다만 형태를 바꿀 뿐이다.
그래서 오늘도 없음이라 부르는 자리에서 여전히 있음을 느낀다.
아버지,
당신이 떠나신 지 45년이 지났지만
당신은 여전히 내 안에서 숨 쉬고 계셔요.

# 오늘도 문장을 고쳐씁니다

"너는 반드시 훌륭한 시인이 될 거야."
그 말씀은 내 어린 날의 가슴에 새겨진 첫 문장이었다.
아직 세상이 무엇인지도 모르던 열 살의 아이에게
그 문장은 하나의 예언이 아니라 하나의 씨앗이었다.
교실 뒤 게시판에 서툰 동시 한 편이 붙을 때마다
선생님은 늘 같은 미소로 내 어깨를 토닥이셨다.
한 학년이 53명밖에 되지 않은 산골의 작은 초등학교,
교실 창문 밖으로는 늘 바람이 먼저 지나가던 곳.
칠판의 분필 가루가 햇살 속에서 반짝이고,
나무 난로의 잔열이 겨울 아침을 데워주던 그 공간.
그곳에서 선생님은 단 한 번도 매를 드신 적이 없었다.

선생님이 내 이름을 불리주실 때마다 나는 존재가 되었다.
선생님은 사범학교를 졸업하고 임용된 지 몇 해가 되지 않으셨을 것 같다.
그로부터 수십 년이 흐르고 내가 반백이 다 된 후에도
선생님은 제자들의 이름을 또렷이 기억하셨다.
그 기억은 단순한 기억이 아니라 마음에 새긴 이름들이었으리라.

나는 결국 시인이 되지 못했고, 소설가도 되지 못했다.

그러나 그 말씀이 내 안에서 보이지 않는 뿌리로 자라

책을 만들고, 문장을 다듬고,

종이 위에 삶을 얹는 사람으로 나를 이끌었다.

생각해 보면 그분이 내게 남긴 것은 '직업'이 아니라 '자존'이었다.


기억은 나무와 같다.

겉으로는 보이지 않지만 땅속 깊이 내려간 뿌리가 줄기를 지탱한다.

선생님의 따뜻한 웃음, 사랑이 담긴 어투, 용기를 북돋아 주시는 말씀.

그 장면들은 내 기억의 뿌리가 되어 삶이 흔들릴 때마다 나를 붙잡아주
었다.

세월이 흐르며 나는 종종 생각한다.

그분을 더 자주 찾아뵈어야 하지 않았을까 하고.

살다 보면 하루하루의 일들이 앞을 가로막아

마음속의 감사조차 뒤로 미루어지기 마련이다.

나는 몇 번이나 선생님을 찾아뵐 기회를 미루었고,

그러다 어느 날 문득 시간이 이렇게 흘러버렸다는 것을 깨닫는다.

은사의 날이 되면 감사의 마음을 담아 꽃 화분 하나를 보내드리곤 했지만

지금 생각하면 그것으로 충분했을까 하는 마음이 남는다.

사람은 살아 있는 동안에는 그 소중함을 다 말하지 못한다.

곁에 있을 때는 늘 시간이 있을 것 같고

다음에 찾아뵈면 되겠지 하고 마음을 미루기 때문이다.

그러나 떠나고 나면 그 미뤄 두었던 시간들이 모두 작은 회한으로 돌아
온다.

그래도 한 가지는 분명한 것은
선생님은 결코 잊히지 않는 분이었다는 것이다.
세상에는 수많은 스승이 있지만
제자의 마음속에 오래 남는 스승은 많지 않다.
지식을 가르친다는 것은 어렵지 않을지 모르지만
사람의 마음에 빛을 남기는 일은 그보다 훨씬 어려운 일이기 때문이다.
선생님은 아마도 아이들을 공부만 가르치신 것이 아니라
아이들에게 선생님의 따뜻한 마음을 함께 넣어주신 분이었다.
그래서 시간이 아무리 흘러도 제자들의 마음속에서는
그 교실의 풍경이 아직 사라지지 않는다.

나는 가끔 생각한다.
세상에 이런 선생님들이 더 많았으면 좋겠다고.
세월이 흘러도 제자의 이름을 기억해 주는 선생님,
아이의 서툰 글 한 줄에도 미래의 빛을 먼저 발견해 주는 선생님,
그리고 그 따뜻한 말 한마디로 한 사람의 삶을 조용히 떠받쳐 주는 선생님.
그런 선생님이 많아질수록 세상은 조금 더 따뜻해지지 않을까.

오늘, 그분이 저 먼 피안의 언덕으로 떠나셨다.
나는 창밖 하늘을 오래 바라본다.
별빛은 낮아지고, 바람은 거의 소리를 내지 않는다.
단 한 번도 매를 들지 않으셨던 선생님.
늘 아이들 편에 서 계셨던 분.
그 따뜻함이 지금 이 밤에도 어디선가 제자들의 마음을 어루만지고 있을

것만 같다.

선생님, 당신의 한마디는 제 인생의 한 줄이 되었습니다.

그 줄이 이어져 오늘의 문장이 되었고,

그 문장이 모여 지금의 제가 되었습니다.

당신은 떠나셨지만 당신의 말씀은 사라지지 않았습니다.

기억의 뿌리는 쉽게 마르지 않습니다.

그 뿌리에서 나는 오늘도 작은 문장 하나를 길어 올립니다.

부디 저 언덕 너머, 영원의 교실에서 평안히 쉬소서.

당신의 제자는 여전히 그 따뜻한 눈빛을 마음에 품고

오늘도 기억이 하얗게 부서지는 책상 위에서

한 문장을 고쳐 씁니다.

# 인연도 내려놓으면 가벼워지는 것을

나는 지금 어디로 가고 있는가.

나는 또 무엇을 위해 사는가.

삶이란 도대체 무엇이며, 어떠해야 비로소 삶이라 부를 수 있는가.

이 질문들은 나이를 가리지 않고

어느 날 문득문득 마음속에 스며든다.

애써 밀어내도 다시 돌아와 가만히 나를 바라본다.

가만 생각해 보면 이 모든 물음의 중심에는

늘 인연이라는 끈이 매달려 있다.

사람과 사람 사이의 인연, 일과 시간과 기억의 인연,

우연처럼 시작되어 필연처럼 나를 끌고 온

셀 수 없는 만남과 헤어짐의 실타래.

나는 인연을 벗어나 살 수 있었던 적이 단 한 번이라도 있었던가.

내가 걷는 길, 내가 내뱉은 말,

내가 품은 사랑과 미움마저도 모두 인연이라는 이름의 흐름 속에서

태어나고 사라졌다.

내 존재 그 자체가 이미 인연의 결과이며, 또 다른 인연의 시작이 아니

던가.
나는 독립된 하나의 점이 아니라 수많은 선들이 교차한 자리,
그 잠시의 흔적일 뿐이다.
그렇다면 이 인연의 끈을 내려놓는다면
우리는 이 세상의 모든 짐으로부터 자유로워질 수 있을 텐데,
왜 우리는 그것을 이토록 어려워하는가.

불가에서는 집착이 곧 고통이라 말한다.
붙잡는 순간 무거워지고, 놓아버리는 순간 가벼워진다고.
그러나 머리로는 알면서도 마음은 늘 뒤늦게 따른다.
우리는 사람을 놓지 못하고,
기억을 놓지 못하고,
이미 지나간 시간을 끝내 현재로 끌어당긴다.
그리하여 고해의 바다를 스스로 더 깊게 건넌다.
그러나 솔직히 말하자면 그 인연들로부터 작은 기쁨과 짧은 환희와
따뜻한 위로를 얻었던 것도 사실이다.
웃음이 있었고, 기대가 있었고,
누군가를 위해 스스로를 조금 더 살아내던 순간들이 있었다.
그래서 우리는 인연을 원망하면서도 끝내 그것을 사랑한다.
상처를 주었기 때문에 놓지 못하는 것이 아니라
아름다웠기 때문에 더욱 놓지 못하는 것이다.

가고 오는 일이 이제는 모두 섧게 느껴지는 나이.
만남도, 이별도 더 이상 가볍지 않다.

시작보다는 끝을, 약속보다는 여운을 먼저 생각하게 되는 나이가 되었다.

그래서 다시 묻게 된다.

지금 나는 어디로 가고 있는가.

무엇을 위해 살아가고 있는가.

그리고 남은 삶은 어떤 결로 살아야 하는가.


오늘 아침, 밤새 져서 떨어진 화분의 붉은 호접란 꽃잎 하나를

가만히 바라보며 이 생각을 오래 붙들었다.

아무 소리 없이 떨어졌고, 아무 말도 남기지 않았지만

그 자리에 남은 색은 충분히 아름다웠다.

꽃은 자신이 누구의 것이었는지 설명하지 않는다.

언제부터 피어 있었는지도 굳이 말하지 않는다.

그저 피어 있었고, 이제는 내려놓았을 뿐이다.

인연도 그러할 수 있다면 얼마나 좋을까.

충분히 함께했고, 다 살아냈다면 미련 없이 내려놓는 것.

어쩌면 삶의 끝자락에서 우리가 배워야 할 것은

더 많은 인연을 쌓는 일이 아니라 이미 맺은 인연을

조용히 놓아주는 연습인지도 모른다.

인연을 내려놓는다는 것은 무정해지는 것이 아니라

더 이상 붙잡지 않아도 될 만큼 그 인연을 온전히 살아냈다는

가장 깊은 존중일 테니.

오늘, 떨어진 꽃잎 하나가 내게 그렇게 말해 주는 것 같다.


인연도 내려놓으면 가벼워지는 것을….

# 우리 어디로 저무는가

우리 어디로 저무는가
젖은 모든 것들이 애수의 몸살로 눕고
갈대밭 서걱이는 바람 한 줄기에도
강은 하얗게 목을 꺾고 우는데
우리들의 시간은 가을 저문 강 속으로 표연히 등을 지는구나.

푸른 갈댓잎에 베인 가슴 한 장엔
젊은 날 가슴 가득 떠돌던 푸르렀던 약속들
이제 한숨 가득한 시인의 넋처럼
이니스프리 호도 위로 떠도는 빛
시간도 등을 지는 저문 강가에서 베인 가슴을 씻는다.

날마다 아니 저무는 날이 있더냐만
사람과 사람 사이
우리의 저물녘은 얼마나 쓸쓸하나
오고 가고
가서 다시 아니 오는 부질없는 것들이랑 저문 강에 흘러보내자.

너와 나의 인연도 새벽이 되면
다시 강줄기 거슬러 올라가고 싶어지리니

푸르른 날 서러운 기억들은 모두 잊고
눈부신 말들만 기억하자
우리.

회사 사택이 있는 파주 송촌동 들녘은 가을이면 황금빛으로 출렁인다.
가끔 사택에서 나와 그 들녘을 가로질러 걷다 보면, 한강으로 이어지는 공릉천에 닿게 된다.
가을이면 그곳은 온통 갈대숲이다.
그 강가에 서 있으면 바람이 먼저 말을 건다.
갈대잎이 서로 스치며 서걱이는 소리는 누군가의 속삭임 같기도 하고
낡은 편지를 넘기는 소리 같기도 하다.
그 소리를 듣고 있노라면 내 머리 위에 내려앉은 흰빛이
문득 갈대의 빛과 닮았다는 생각이 든다.
한때는 푸르렀을 잎들.
햇빛을 머금고 바람을 밀어내던 날도 있었을 것이다.
그러나 지금은 결이 거칠고 빛은 옅어 조용히 흔들릴 뿐이다.
그 모습이 내 모습과 겹쳐진다.
무심히 흐르는 강은 아무 일도 없다는 듯 흘러간다.
그 안에 얼마나 많은 이야기와 얼마나 많은 이별이 스며 있는지

굳이 드러내지 않는다.

세월이란 저렇게 소리 없이, 변명 없이 사람을 데려가 버리는 것임을 강을 바라보며 느낀다.

갈대는 바람에 기대어 흔들리고 강은 스스로를 붙들지 않은 채 흐른다.

나 또한 이제 무엇을 붙들기보다는

흘려보내는 법을 조금은 배운 듯하다.

흰 머리는 패배의 흔적이 아니라 수많은 바람을 견딘 자리이다.

갈대가 서걱이며 서 있는 것처럼 나 또한 여기까지 서 있었던 것이다.

강물이 제 길을 가듯 내 시간도 제 길을 걸어왔을 뿐이다.


강가에 서 있으면 쓸쓸함이 먼저 다가오지만 그 쓸쓸함은 차갑기보다 맑다.

푸른 날의 소란이 가라앉은 뒤 남는 고요 같은 것이다.

문득 지나온 시간들이 강물 위에 떠오르는 잔물결처럼 스친다.

젊은 날의 서두르던 발걸음,

어딘가를 향해 쉬지 않고 달려가던 마음,

붙잡지 못한 사람들,

끝내 놓아주어야 했던 인연들.

그 모든 것들이 지금은 하나의 긴 강이 되어 내 뒤에서 조용히 흐르고 있다.

갈대의 은빛과 내 머리의 흰빛이 같은 저녁빛 속에 잠긴다.

강물 위로 내려앉은 노을이 갈대 끝마다 붉은 숨을 남긴다.

그 빛은 잠시 머물다 사라지겠지만 그 순간만으로도 충분히 아름답다.

나는 그 풍경 앞에서 조금 더 천천히 숨을 고른다.

어쩌면 우리가 저물어 간다는 것은
사라지는 것이 아니라
조용히 빛을 바꾸는 일이 아닐까...

# 영혼이 자기 언어를 다시 만났을 때

예술은 침묵의 언어이다.

소리로 말하지 않고, 문장으로 설득하지 않으며,

그저 영혼의 가장 낮은 자리에서 고요하게 울리는 언어다.

음악이든 미술이든, 그 어떤 장르든 예술은 의미를 설명하지 않는다.

다만 우리 안에 이미 존재하던 어떤 진동을 건드린다.

들리지 않아도 들리고,

말하지 않아도 알아차리게 되는 그 묘한 인식의 순간

그것이 예술의 방식이다.

일상의 언어는 대개 목적을 향해 달린다.

설명하고, 요구하고, 정리하고, 결론을 낸다.

그러나 예술은 결론을 서두르지 않는다.

오히려 결론을 미루며 우리로 하여금 한참을 머물게 한다.

음악 한 곡이 그날의 마음을 정리해 주고,

그림 한 점이 잊고 지내던 기억을 불러내며,

도자기 한 점이 삶의 속도를 늦추는 순간이 있다.

그때 우리는 비로소 말보다 깊은 울림을 몸으로 이해한다.

어느 해,

국립중앙박물관에서 달항아리 앞에 섰던 기억이 있다.

넋을 잃고 한 시간 가까이 그 앞을 떠나지 못했다.

아무 문양도 없고, 아무 서사도 들려주지 않는

그 완전한 단순함 앞에서 왜 그렇게 눈물이 났는지

지금도 정확히 설명할 수는 없다.

다만 알 수 있었던 것은 그 항아리가 무언의 방식으로

나의 시간과 나의 상처와 나의 고단함을

모두 받아주고 있었다는 사실이다.

비어 있음이 이토록 충만할 수 있다는 것을

그날 처음 배웠다.


오늘 아침, 출근길에 또 한 번

그 침묵의 언어를 만났다.

지인의 친구 아들이 락 음악을 클래식으로 편곡했다는 곡을

원곡과 나란히 들으며 나는 뜻밖의 감동에 사로잡혔다.

젊은 날의 분출과 반항이 시간을 건너

현악의 호흡과 관현의 여백 속에서 전혀 다른 얼굴로 살아 있었다.

그 음악은 과시하지 않았고, 증명하려 들지도 않았다.

그저 "이렇게도 말할 수 있다"고 조용히 건네왔다.

그리고 나는 왜인지 모르게 또 눈물이 났다.

늙어감 탓일까, 아니면 인생이 조금씩 익어가기 때문일까.

젊은 시절에는 몰랐다.

예술이 이렇게 소리를 줄일수록 더 깊이 울린다는 사실을.

화려함보다 여백이 오래 남는다는 사실을.

동양의 미학은 늘 덜어냄을 말해 왔다.

가득 채우는 것보다 비워 두는 것이 더 많은 이야기를 한다고.

예술 역시 그렇다.

말하지 않음으로써 더 많은 것을 전하고,

설명하지 않음으로써 더 오래 머문다.

그래서 예술은 위로라기보다 동행에 가깝다.

나를 끌어당기지 않고, 앞서 나가지도 않으며,

그저 곁에 앉아 같은 침묵을 나눈다.


이제야 조금 알겠다.

왜 어떤 예술 앞에서 우리는 이유 없이 눈물이 나는지.

그것은 슬픔 때문도, 기쁨 때문만도 아니다.

영혼이 자기 언어를 다시 만났기 때문이다.

예술은 침묵의 언어이다.

그리고 그 언어는 나이가 들수록 더 또렷하게

우리 안에서 울린다.

# 어느 아픈 날의 단상斷想

몸이 아프다.

어디 한 곳이 콕 집어 아픈 것도 아닌데

온몸의 기운이 빠져나가 병든 닭처럼 축 늘어진다.

살아는 있으되 살아 있다는 감각이 흐릿해지는 시간.

어느 해부턴가

잊을 만하면 찾아오는 신병 같은 것이다.


중학 시절, 장티푸스를 앓은 적이 있다.

시골에서는 그 병을 염병이라 불렀다.

참으로 무도한 이름이다.

아픔을 부르는 말마저 사람을 함부로 대하던 시절,

거친 숨결이 아직 그 말 속에 남아 있다.

그때가 여름이었을 것이다.

조퇴를 하고 집으로 돌아오던 길,

몸은 이미 내 것이 아니어서 몇 걸음만 걸어도 온 하늘이 흔들렸다.

걷다가 힘이 들면, 나는 신작로 옆 버드나무 가로수 아래

땅바닥에 주저앉듯 누워 호흡을 고르곤 했다.

버드나무 가지 사이로 하늘을 올려다보았다.
그 하늘이 왜 그렇게 슬퍼 보였는지 지금도 설명할 수는 없다.
맑았고 푸르렀던 날인데….


오십 년이 훌쩍 지난 지금까지도 나는 그 하늘을 잊지 못한다.
기억이란 항상 가장 선명한 순간을 붙드는 것이 아니라
가장 약했던 순간에 가장 깊이 머문다.
그래서 이 염병 같은 시기가 돌아오면
나는 지금은 사라져 버린 유년의 신작로를 떠올린다.
버드나무 가로수도 사라졌고, 그 길을 걷던 아이는
이제 생의 마지막 고개를 넘고 있지만
그 장면만은 여전히 내 안에 살아 있다.
이상하게도 그 아픈 기억은 미움으로 남지 않고 그리움으로 남았다.
고통이었는데 왜 그리움이 되었을까.
아마도 그때의 나는 아팠지만
아직 세상에 덜 닳아 있었기 때문일 것이다.
아픔을 숨기지 않아도 되었고,
아프다는 사실 자체가 그저 하나의 상태였던 시절.


아프면 사람은 외로워진다.
몸이 아프면 마음은 더 쉽게 자기 안으로 가라앉는다.
젊을 때의 외로움이 텅 빈 방 같았다면,
나이 들어 느끼는 외로움은 가득 찬 방 안에서
혼자 남아 있는 느낌에 가깝다.

나이를 먹는다는 것은 외로움을 줄이는 일이 아니라
외로움을 견디는 법을 조금씩 바꾸는 일인지도 모른다.
말을 줄이고, 기대를 낮추고, 슬픔을 오래 들여다보는 일.
이럴 때 문득 묻게 된다.
나는 지금 내 생의 어디쯤 와 있는가.
오르막인가,
내리막인가.
아니면 이미 고개를 넘고 숨을 고르는 평지인가.
아픔은 이 질문을 더 또렷하게 만든다.
건강할 때는 삶을 바깥으로 쓰지만,
아플 때는 삶을 안쪽으로 읽게 된다.
존재는 무엇으로 이루어져 있는지,
나는 무엇을 잃었고 무엇을 아직 쥐고 있는지.

몸의 기력이 빠질수록 기억은 또렷해지고,
기억이 또렷해질수록 삶은 조금씩 본래의 얼굴을 드러낸다.
성취도, 계획도, 역할도 벗겨진 뒤에 남는 것.
버드나무 아래 누워 하늘을 보던 아이처럼
지금의 나는 다시 한번 존재의 바닥에 누워
세상을 올려다보고 있는지도 모른다.

아픔은 벌이 아니라 되돌림일 것이다.
너무 멀리 와버렸다고, 잠시 멈추라고 몸이 보내는 신호.
오늘도 나는 그 오래된 신작로를 마음속으로 걸으며

나의 지금을 가늠해 본다.

여전히 아프고, 여전히 외롭지만

그럼에도 불구하고 아직 살아 있다는 감각이 가만 나를 붙든다.

아픔 속에서도 기억이 남아 있고,

기억 속에서도 하늘은 여전히 푸르렀다는 사실 하나로….

# 행복은 길 끝이 아니라 길 위에 있다

우리의 인생은 행복을 찾아가는 한 번의 산책이 아니라
끝이 보이지 않는 긴 여정의 길이다.
우리는 태어나는 순간부터 저마다 다른 지도를 쥔 채
행복이라는 이름의 목적지를 향해 걷기 시작한다.
행복은 선택 사항이 아니라 우리 모든 행위의 가장 깊은 동기다.
사랑을 하는 것도,
일을 붙잡고 사는 것도,
버티고 견디는 일마저도 결국은 더 이상 아프지 않기 위해,
조금 더 평온해지기 위해서다.

그러나 인생의 길은 결코 한결같이 평탄하지 않다.
겉으로 보기에는 멀쩡해 보이는 길에서도
우리는 자주 작은 돌부리에 발을 걸려 넘어진다.
그 돌은 대수롭지 않아 보이지만 넘어지는 순간의 통증은 늘 진짜다.
또 어떤 날에는 보이지 않던 허방이 갑자기 발밑에 열려
이유도 모른 채 허우적거리게 된다.
그 허방 속에서 우리는 묻게 된다.

왜 하필 나인가,

왜 이 길이었는가 하고.

그러나 세상에 이 질문을 한 번도 던지지 않고

끝까지 걸어간 사람은 없다.

때로는 어쩌다 접어든 좁고 거친 숲길에서

우리는 뜻밖의 풍경을 만난다.

숨이 가빠 고개를 들었을 때 문득 앞이 트이며

커다랗고 평탄한 길이 나타나기도 한다.

반대로, 이제는 안심해도 되겠다고 생각한 순간

넓고 단정하던 대로가 아무 예고도 없이 끊겨

더는 나아갈 수 없게 되기도 한다.


인생이란 늘 그런 식으로 기대와 배신을 동시에 안고 흐른다.

그러니 길이 막혔다고 해서 당신의 인생이 막힌 것은 아니다.

그저 방향을 바꾸라는 조용한 신호일 뿐이다.


친구여,

힘들다고 해서 자신을 미워하지 마라.

아프다고 해서 삶을 실패로 단정하지 마라.

아픔은 잘못 살아왔다는 증거가 아니라

여전히 살아가고 있다는 증거다.

동양의 사유는 행복을 붙잡으라 말하지 않는다.

오히려 흘려보내라 말한다.

노자는 행복이 욕심이 되는 순간 도(道)에서 멀어진다고 보았고,

부처는 행복에 집착하는 마음 자체가
고통의 씨앗이라 가르쳤다.


행복은 크게 웃는 순간에만 있는 것이 아니다.
누군가를 이기고 얻는 성취에만 머무르지도 않는다.
행복은 어쩌면 아침에 마시는 고요한 작은 찻잔에
이미 담겨 있는지도 모른다.
아무 일도 일어나지 않은 아침,
그저 숨을 쉬고 있다는 사실,
따뜻한 물이 손끝에 전해지는 감각,
창밖의 빛이 조금씩 방 안으로 스며드는 그 시간.
그 순간이 우리를 한동안 붙들어 주는 이유는
행복이 거창하지 않다는 사실을 몸으로 알려주기 때문이다.


]행복은 목적지라기보다 걸음의 태도에 가깝다.
어디에 도착하느냐보다 어떻게 걷고 있느냐의 문제다.
서두르지 않고, 스스로를 다그치지 않으며,
넘어졌다면 잠시 앉아 숨을 고르는 일.
오늘 길이 험하다면 오늘은 험한 날을 살고 있는 것뿐이다.
그것이 인생 전체를 정의하지는 않는다.
길은 늘 다시 이어지고, 당신은 아직 여정의 한가운데에 서 있다.


그러니 친구여,
지금 잠시 멈춰 작은 찻잔 하나를 들어 보아라.

그 고요 속에서 이미 충분히 살아냈다는 사실을,
아직도 걸을 힘이 남아 있다는 사실을
조용히 확인하게 될 것이다.
행복은 멀리서 찾아오는 것이 아니라
지금 이 걸음 속에 이미 함께 걷고 있으니….

# 삶이란 이름할 수 없는 어떤 그리움이다

가족과 함께 강릉을 찾았다.

오랜만에 온 가족 여행이다.

호텔에 짐을 내려놓고 솔숲 바닷가로 나가자

푸른 바다가 눈부시도록 푸르다.

바다는 언제나 처음 보는 얼굴로 다가오지만,

이상하게도 늘 예전부터 알고 지낸 것처럼 낯설지 않다.

소나무 숲은 바람을 붙잡아 두지 않고 그대로 흘려보낸다.

짙은 솔향이 바다의 짠 냄새와 섞여

어떤 오래된 편지의 향기처럼 코끝에 머문다.

수평선은 한 줄의 푸른 선으로 멀리 그어져 있다.

마치 누군가가 거대한 화폭 위에 단 한 번의 붓질로

하늘과 바다를 나누어 놓은 듯하다.

하지만 그 경계는 분명하지 않다.

하늘은 바다로 스며들고, 바다는 하늘을 품는다.


삶도 그러하지 않은가.

분명히 구분된 것 같지만 막상 가까이 들여다보면

경계는 흐릿하고 모든 것은 서로에게 스며 있다.

수평선을 바라보면서 드는 생각
저 끝없는 선 너머에 무엇이 있을까.
보이지 않는 곳, 닿을 수 없는 곳,
그러나 분명히 존재하고 있을 또 다른 세계.
삶은 어쩌면 이름할 수 없는 어떤 그리움인지도 모른다.
특정한 대상을 향한 그리움이라기보다 설명할 수 없는 결핍,
늘 조금 모자란 듯한 마음의 여백.

우리는 어디에서 와서 어디로 가는지 확실히 알지 못한 채
무지개 같은 꿈을 안고 살아간다.
잡힐 듯 잡히지 않는 빛, 손을 뻗으면 사라질 것 같은 색채.
그리움은 꼭 누군가를 향한 것만은 아니다.
어릴 적의 나를 향한 것이기도 하고,
이미 지나가 버린 시간에 대한 것이기도 하며,
아직 오지 않은 미래를 향한 막연한 갈망이기도 하다.
강릉의 바다는 말이 없다.
파도는 쉼 없이 밀려왔다가 물러가고,
모래 위에는 잠시 남은 발자국이 이내 지워진다.
그러나 그 지워짐조차 어떤 위로처럼 느껴진다.
모든 것은 지나가고, 모든 것은 다시 시작된다.

아이들이 저만치에서 웃으며 사진을 찍는다.

아이들의 웃음소리가 바람을 타고 번진다.

이 또한 언젠가는 그리움이 되겠구나.

지금 이 장면, 이 햇빛, 이 파도 소리, 함께 걷는 발걸음.

모든 것이 훗날의 나에게는 되돌릴 수 없는 풍경이 되겠지.

그리움은 슬픔만이 아니다.

그리움은 살아 있다는 증거다.


무언가를 그리워한다는 것은 그만큼 깊이 사랑했다는 뜻이기 때문이다.

대상이 있건 없건, 막연하건 분명하건,

그 어떤 그리움이 나를 움직이게 한다.

그리움이 없다면 나는 멈춰버릴지도 모른다.

어쩌면 인간은 그리움으로 호흡하는 존재인지도 모른다.

그리움은 내일을 향해 나아가게 하는 힘이고,

지나간 시간을 품게 하는 힘이다.


수평선은 여전히 멀다.

그러나 그 멂이 나를 절망하게 하지 않는다.

오히려 그 멂이 있기에 나는 오늘을 더 깊이 바라본다.

삶은 끝내 닿을 수 없는 어떤 곳을 향해 걸어가는 여정일지도 모른다.


서로 맞닿지 않는 그리움의 길을 각자의 속도로 걸어가는 존재들.

오늘도 나는 많이 그립다.

이름할 수 없는 모든 것들이.

아직 만나지 못한 나의 내일이,

이미 떠나간 어제의 내가,

그리고 이 순간 곁에 있는 가족마저도 언젠가의 그리움이 될 것을 알기에.


강릉의 바다는 저 멀리서 끝없이 숨을 고른다.

그 숨결 속에서 나는 안다.

그리움은 결핍이 아니라 삶의 가장 깊은 결이라는 것을.

# 나는 지금 어떤 계절을 지나고 있는가

비가 내린다.

가을비다.

창밖은 소리 없이 젖어 들고,

회사 사무실 베란다에 줄을 지어선 화분들의 국화잎들이

비에 씻겨 함초롬하다.

잎끝마다 맺힌 물방울이 작은 거울처럼 흐린 하늘을 담고 있다.


지난 초여름, 시골집 뜰에서 국화 줄기 예닐곱 개를 꺾어 와

화분에 한 줄기씩 나누어 심었었다.

그때는 가늘고 연약해 과연 뿌리를 내릴까 싶었는데

어느새 줄기는 단단해지고 잎은 서로 겹치며 무성해졌다.

식물은 말이 없다.

그러나 그 침묵 속에서 가장 정확한 시간표를 따른다.

꽃망울이 맺혔다.

아직은 단단히 오므라져 있지만 속에서는 이미 색이 차오르고 있을

것이다.

곧 꽃을 피우겠지. 아무 소리 없이, 그러나 분명하게.

노자(老子)는 말했다.

도는 무위(無爲)로써 만물을 이루게 한다고.

억지로 밀어붙이지 않고, 스스로 그러하도록 두는 것.

비는 꽃을 피우지 않는다.

바람도 꽃을 명령하지 않는다.

햇빛 역시 강요하지 않는다.

다만 조건을 마련할 뿐이다.

적절한 습기와 온기, 잠시 머무는 빛과 기다리는 시간.

그 안에서 꽃은 스스로 연다.

우리의 삶도 그러하지 않을까.


우리는 때로 너무 서두른다.

지금 당장 피어나지 않는다고 자신을 재촉하고,

타인의 속도와 비교하며 마음의 줄기를 꺾어버리기도 한다.

그러나 모든 생에는 제때가 있다.

잎이 먼저 무성해지고, 뿌리가 깊어지고,

속에서 조용히 힘을 기른 뒤 비로소 꽃은 열린다.

삶을 억지로 쓰지 말라.

억지로 빛나려 하지 말라.

억지로 증명하려 하지 말라.

흐름 속에 스스로 열어가게 두라.


비가 오는 날은 눈에 보이는 변화가 없어 보인다.

그러나 땅속에서는 보이지 않는 일이 일어나고 있다.

뿌리는 물을 마시고 줄기는 다시 숨을 고른다.

지금 우리가 겪는 고요와 기다림도 아마 그런 시간일 것이다.

겉으로는 아무 일 없는 듯하지만 안쪽에서는 무언가가 자라고 있다.

국화는 가을에 핀다.

한여름의 태양 아래서는 자신의 때를 앞당기지 않는다.

계절이 깊어질 때까지 묵묵히 준비한다.

그 절제가, 그 고요가 오히려 더 깊은 아름다움이 된다.


사무실 창가에 서서 젖은 국화잎을 바라보다가 문득 생각한다.

나는 지금 어떤 계절을 지나고 있는가.

아마도 내 삶 역시 어느덧 가을의 문턱에 서 있는 것 같다.

젊은 날의 봄과 여름이 언제 그렇게 지나갔는지 모를 만큼

세월은 조용히 등을 넘어갔다.

무언가를 이루기 위해 애쓰던 시간, 앞만 보고 달리던 날들,

그 모든 뜨거운 계절들이 지금은 멀리서 흐릿한 햇살처럼 떠오른다.

그러나 가을은 끝을 알리는 계절이 아니라 마침내 피어나는 계절이기도

하다.

봄의 꽃들이 화려한 시작이라면 가을의 꽃들은 오래 견딘 시간의 결과다.

수많은 바람과 비, 뜨거운 햇살과 긴 밤을 지나 비로소 그 향을 깊게

품는다.

그래서인지 가을꽃에는 요란한 젊음 대신 차분한 기품이 있다.

나이 들어서일까, 이제야 알 것 같다.

삶이란 젊은 날의 속도로만 이루어지는 것이 아니라

늦어지는 속도 속에서도 깊어질 수 있다는 것을.

어쩌면 지금의 이 계절은 무언가를 더 얻기 위한 시간이 아니라
지나온 시간들을 조용히 익혀 가는 시간일지도 모른다.
그래서 가을비는 어딘가 마음을 차분하게 만든다.
모든 것을 재촉하던 마음을 잠시 내려놓게 하고
지금 이 자리에서 조용히 숨을 고르게 한다.

비에 젖은 국화잎 위에 작은 물방울 하나가 떨고 있다.
곧 떨어질지도 모르고 잠시 더 머물지도 모른다.
그 모습을 바라보며 나는 다시 한번 생각한다.
나는 지금 어떤 계절을 지나고 있는가.

# 늙어감의 깊이, 형제의 자리

어제 인사동에서 오랜만에 큰형님을 뵈었다.
올해 우리 나이로 여든셋. 수년 전만 해도 걸음걸이에 힘이 넘치고, 목소리
에는 단단한 기운이 서려 있었는데
이제는 그 기세가 한층 누그러져 있었다.
세월은 사람의 몸을 조용히 바꾸어 놓는다.
눈에 띄는 어느 한순간이 아니라 조금씩, 아주 조금씩.
그러다 어느 날 문득 마주한 얼굴에서 시간의 깊이를 발견하게 된다.

늙어간다는 것은 무엇일까.
단순히 머리칼이 희어지고, 걸음이 느려지고, 기억이 흐려지는 일일까.
아니면, 한 사람이 살아온 시간의 무게가
마침내 얼굴 위로 드러나는 순간일까.
공자는 『논어』에서 말했다.
"오십에 지천명(知天命)."
쉰에 이르러 하늘의 뜻을 알았다고.
그 말은 단순히 세상의 이치를 안다는 뜻이 아니라
자신의 길이 어디를 향해 흐르고 있는지

비로소 받아들이는 경지일지도 모른다.

육신은 쇠퇴한다.
그러나 그 쇠퇴 속에서 사람은 오히려 깊어진다.
젊은 날에는 앞을 향해 달려가는 힘이 있었고,
중년에는 버텨내는 힘이 있었다면, 노년에는 받아들이는 힘이 있다.
형님의 눈빛 속에는 그 받아들임이 있다.
젊은 시절 가족을 위해 애쓰던 시간들, 형제들을 이끌어주던 무게,
부모님에 대한 책임, 늙음은 단순한 소멸이 아니다.
그 모든 세월이 이제는 쇠잔한 나이 드심으로 남아 있었다.
겉으로는 줄어드는 듯 보이지만 안쪽에서는 오히려 응축된다.
불필요한 말은 사라지고, 과장된 몸짓은 줄어들며, 본질만 남는다.
나는 형님의 손을 바라보다가 형제란 무엇인가 생각했다.
형제란 단지 부모의 피를 나눈 존재일까.
유전자의 연결만으로 설명할 수 있는 관계일까.
아니다. 형제는 한 집의 시간이다.
같은 지붕 아래서 울고 웃던 날들의 집합이고,
부모님의 목소리를 같은 방향에서 들었던 사람이다.

형제는 나의 과거를 증명하는 증인이다.
내가 어디에서 왔는지, 어떤 아이였는지,
어떤 상처와 어떤 웃음을 지녔는지를 함께 알고 있는 존재.
그래서 형제는 단순한 혈연이 아니다.
그들은 나의 시간이다.

세월이 흐를수록 주변의 인연은 바뀐다.

함께 일하던 사람들도 떠나고, 친구들 역시 각자의 삶 속으로 흩어진다.

그러나 형제는 끝내 남는다.

부모님이 떠나고 난 뒤에도 형제는 부모의 기억을 나누는 마지막 사람이다.

함께 부모를 추억하고, 같은 슬픔을 공유하는 존재.

어머니의 목소리를 기억하는 사람,

아버지의 걸음걸이를 떠올릴 수 있는 사람.

그 기억을 함께 말할 수 있는 사람이 형제다.

그래서 나에게 형제만큼 중요한 존재도 없다.

늙어간다는 것은 잃어가는 일이 아니라 내려놓는 일일지도 모른다.

무언가를 더 가지려 애쓰던 마음을 내려놓고

세상과 조금 더 부드럽게 화해하는 시간.

형제란 그 내려놓음을 가장 가까이에서 지켜보며 함께 걸어주는 사람이다.


어제 인사동 골목을 나서며 형님의 뒷모습을 오래 바라보았다.

걸음은 느렸지만 그 안에는 여전히 단단한 품위가 있었다.

젊은 날의 기세는 사라졌지만 그 대신 오래 살아온 사람에게만 생기는

고요한 무게가 남아 있었다.

세월은 우리를 약하게 만들지만 동시에 깊게 만든다.

그리고 형제는 그 깊이를 말없이 함께 견뎌주는

가장 오래된 동행이다.

# 고장 난 레코드판처럼, 다시 그 시절로

나이가 드니 친구 관계들도 조금씩 소원해지는 요즘이다.
한때는 매일같이 얼굴을 보던 이들이
이제는 휴대전화 속 이름으로만 남아 있다.
세월의 이끼에 우정도 이끼가 끼는 모양이다.
자주 닦지 않으면 흐릿해지고, 닿지 않으면 서서히 빛을 잃는다.
그러나 이상하게도 완전히 사라지지는 않는다.
깊은 숲속 바위처럼 이끼가 끼어도 그 속은 단단하다.
오래 침묵했어도 막상 만나면 금세 그때의 눈빛으로 돌아간다.
여전히 소중한 친구들은 그렇게 남아 삶의 한 모퉁이에서
조용히 위로가 된다.

실존주의 철학자 사르트르가 말했듯 인간은 세상에 '던져진 존재'이고,
하이데거가 말했듯 우리는 언제나 불안 속에 서 있는 존재다.
아무리 단단한 척해도 내면에는 설명되지 않는 공허와 두려움이 있다.
친구란 그 불안 속에서 "나도 그렇다"고 말해주는 사람이다.
해결해 주지 못해도 함께 서 있어 주는 존재,
그 '함께 있음'이 곧 위로가 된다.

우리는 결국 혼자 태어나고 홀로 죽는다.
그러나 살아가는 동안만큼은 완전히 홀로일 수 없다.
삶이 무너질 듯 흔들릴 때 내 이름을 아무렇지 않게 불러 주는 사람,
내 실패를 흉보지 않고 웃으며 한 잔 더 따르는 사람,
그가 친구다.

친구란 단순히 즐거움을 나누는 존재가 아니라
내가 인간으로서 온전하게 서 있을 수 있도록
곁에서 조용히 버팀목이 되어 주는 또 하나의 나다.
특히 고등학교 시절의 친구들은 다르다.
그 시절은 감수성이 가장 예민했고 세상이 아직은 넓고 두려우면서도
무모할 만큼 순수했던 때였다.
그 모든 시간 속에 친구들은 함께 있었다.
그 전부를 함께 통과해 온 사람들이 바로 고교 친구들이다.

예전 시인들도 친구를 노래했다.
어느 시인은 "벗은 멀리 있어도 마음은 함께 걷는다"고 했고,
또 다른 이는 "그대 있음으로 내가 나일 수 있다"고 읊었다.
술 한 잔 앞에 두고 벗의 이름을 부르며 눈시울을 붉히던 시인들.
그들은 알았던 것이다.
인간은 혼자 완성되지 않는다는 사실을.

오랜만에 그런 존재들을 만나러 간다.
고교 친구들이다.

세월이 이리 지났는데도 만나면 고장 난 레코드판처럼

고등학교 시절 이야기들을 틀어댄다.

누가 누구를 좋아했는지,

어느 선생님이 무서웠는지,

어느 날 몰래 학교 담에 난 개구멍을 빠져나가 보았던 영화 한 편까지.

그 웃음 속에서 우리는 잠시 주름을 잊고, 흰머리도 잊고,

다시 교복 입은 소년이 된다.

그때가 그립다.

아니, 그때의 우리가 그립다.

서툴렀지만 진심이었고, 가난했지만 당당했고,

두려웠지만 서로를 믿었던 시간.

오늘은 나도 막걸리라도 한잔해야겠다.

잔을 부딪치며 "야, 그때 말이야…" 하고 시작되는 이야기 속에서

나는 다시 한번 혼자가 아니라는 사실을 확인할 것이다.

세월은 우리 머리 위에 이끼를 얹어 놓았지만

우정의 뿌리까지 말리지는 못했다.

친구란, 내가 어디까지 왔는지를 증언해 주는 사람이고

내가 누구였는지를 기억해 주는 사람이다.

그 기억이 있는 한 우리는 아직,

완전히 늙지 않았다.

# 그리운 어머니, 그때 뵙지요

어머니, 가끔 묻습니다.

제가 어느 날 생이 다한다면,

저세상 너머에서 어머니를 다시 뵈올 수 있을까요.

그 옛날 고향에 내려갈 때마다 집 앞 고샅에서 "엄마!" 하고 부르면,

어머니는 마치 오래전부터 그 자리에 서 계셨던 사람처럼

두 팔을 벌리고 달려 나오셨지요.

"내 아들아!"

그 한마디에 먼 길의 피로가 눈 녹듯 사라졌습니다.

어머니의 품은 세상에서 가장 확실한 자리였고,

그 품에 안기면 나는 다시 아무 근심 없는 아이가 되었습니다.

어머니의 손에서는 늘 된장국 냄새와 장독대의 햇빛 냄새가 함께 났습니다.

마루에 앉아 있으면 어머니의 발자국 소리만으로도 마음이 먼저 편안해졌지요.


세월은 흘러 집은 옛집이 아니고, 고샅길도 이제는 예전 같지 않습니다.

그러나 이상하게도 어머니의 음성은 바래지 않습니다.

어둑해진 저녁 길을 혼자 걸을 때면 어디선가 "내 아들아" 부르는 소리가
바람을 타고 들려오는 듯합니다.
저는 알지 못합니다.
죽음 이후를 알 수 없고, 그 길은 누구도 다녀와 말해 준 적이 없지요.
사람들은 천국을 말하고, 극락을 말하고,
별이 된다고도 하고, 흙으로 돌아간다고도 합니다.
그러나 저는 단지, 어머니를 다시 만날 수 있느냐는 물음 하나만
가슴 깊이 품고 있을 뿐입니다.
밤하늘의 별빛은 수억 년을 건너 오늘 우리 뜰 위에 닿는다 하지요.
그 빛이 그렇게 먼 시간을 건너온다면,
어머니의 사랑 또한 세월과 죽음을 건너
제 가슴에 닿지 못할 이유가 있겠습니까.
어머니는 지금도 제 안에서 숨 쉬고 계십니다.
제가 기쁠 때는 함께 웃고, 제가 흔들릴 때는 묵묵히 등을 받쳐 주십니다.
어떤 날은 문득 밥을 먹다가도 어머니 생각에 젓가락을 잠시 내려놓게 됩
니다.
어머니가 살아 계셨다면 이 이야기를 어떻게 들으셨을까,
지금의 저를 보며 무슨 말씀을 해주셨을까 하고.

어머니,
언젠가 이승에서의 제 발걸음이 멈추는 날,
저세상 너머가 있다면, 그곳에 어머니가 계신다면,
그날도 저는 어린 날처럼 부르겠습니다.
"엄마!" 하고.

그 부름에 어머니가 예전처럼 맨발로 뛰어나오실까요.
무명 치맛자락을 펄럭이며
"내 아들아!" 하고 안아주실까요.
그렇다면 저는 유년의 아이처럼 두 팔 벌려 달려가
어머니 가슴에 얼굴을 묻겠습니다.
세상살이의 무게와 긴 세월의 피로를 다 내려놓고
다시 한번 어머니 품에 안기겠습니다.
그때 제가 살아온 날들을 하나하나 접어
고운 보퉁이처럼 품에 안고 어머니 앞에 서겠습니다.
잘 살았노라 자랑하지 못해도, 넘어지고 흔들렸던 사연들을
조용히 들려드리겠습니다.
어머니는 아무 말 없이 제 손을 잡고
"그래 애썼구나" 하시겠지요.
그 한마디면 이생의 긴 겨울도 다 녹아내릴 것입니다.
혹 그곳이 없다 해도 괜찮습니다.
이미 어머니는 제 안에 살아 계시고, 제가 어머니를 기억하는 한
어머니의 숨결은 사라지지 않을 테니까요.

그래도 저는 믿고 싶습니다.
이생의 끝이 완전한 이별은 아니기를.
저 먼 곳 어딘가에서 어머니가 다시 두 팔 벌려 기다리고 계시기를.
그리운 어머니,
그때 뵙지요.

# 붙들 수 없는 것들의 의미

가끔 인연이라는 것을 생각한다.
수많은 사람들이 내 삶의 뱃전을 스치며 지나가고,
그 인연들은 강물처럼 흘러 흘러갔다.
그리고 또, 앞으로도 수많은 인연들이 스쳐 흘러가리라.
기억해 보라.
얼마나 많은 인연들이 우리들의 곁을 스쳐 갔는지.
어떤 인연은 깊은 슬픔으로, 잊히지 않는 그리움으로,
내 삶을 벼랑 끝까지 몰아세우는 고통으로 다가왔다.
밤을 지새우게 하고, 한 문장, 한 이름만 떠올라도 가슴이 저려
오랫동안 제자리에 서 있게 한 인연도 있었다.

그 사람은 떠났으나
그가 남긴 말 한마디는 오래도록 마음속에서 메아리쳤다.
시간이 흐른 뒤에도 문득 바람처럼 떠오르는 이름이 있고,
이미 멀리 떠나간 사람인데도
마치 어제의 일처럼 또렷하게 남아 있는 얼굴이 있다.
그리고 어떤 인연은 내 삶에 가장 따뜻한 위로가 되었다.

말없이 건넨 눈빛 하나, 어깨에 얹힌 손길 하나가

세상의 무게를 잠시 덜어 주기도 했다.

그 인연은 길지 않았을지라도 마치 겨울밤 난로처럼 한동안 나를 덥혀 주

었다.

어쩌면 우리는 그 난로의 온기를 기억하며

다음 계절을 버텨 나가는 것인지도 모른다.

그렇게 인연은 상처이자 치유이며, 고통이자 기쁨이다.

때로는 나를 무너뜨리고, 때로는 다시 일으켜 세운다.


그러니 인연이란 한 사람의 얼굴을 하고 다가오지만

사실은 내 삶을 다듬는 보이지 않는 손길인지도 모른다.

세상의 모든 것이 흐르듯 우리의 삶 또한 끝없는 인연의 강물 위를 흐른다.

강물의 흐름이 멈추지 않듯 인연 또한 끊임없이 이어지고 흘러간다.

어떤 이는 짧은 물결처럼 스쳐 가고,

어떤 이는 깊은 소沼가 되어 오래 머문다.

그러나 결국은 모두 흘러 더 넓은 바다로 향한다.

우리는 가끔 붙들고 싶어 한다.

이 인연만은 멈추어 두고 싶고, 이 사람만은 떠나지 않기를 바란다.

그러나 강을 두 손으로 막을 수 없듯 인연 또한 붙들 수는 없다.

머물다 가는 것이 인연의 본성이라면 보내는 일 또한 우리의 몫일 것이다.


한 잔의 찻잔 속에도 지난 시간의 햇살이 스며 있고,

바람과 구름이 머물다 가고, 사람들의 땀이 들어 있다.

차 한 모금을 마시는 일조차 수많은 존재의 손길이 겹쳐 이루어진 결

과이다.

이렇듯 어디 하나 주변에 기대지 않고 홀로 서는 것이 있으랴.

우리의 모든 인연이 다 그러하다.

나는 이제 안다.

좋은 인연만이 인연이 아님을.

아픈 인연도, 짧은 인연도,

결국은 나를 여기까지 데려온 물길이었다는 것을.

그들이 있었기에 나는 지금의 자리에 서 있다.


어쩌면 인연이란 우리 삶을 지나가는 사람들이 아니라

우리 삶을 만들어 온 시간들인지도 모른다.

다만 내가 바라는 것은 나를 스치고 흘러가는 모든 인연들이

잠시라도 내 곁에서 행복하기를 바라는 마음이다.

찰나의 순간이라도 그들의 기억 속에 작은 빛으로 남기를 바란다.

내가 누군가의 인연으로 머무는 동안

상처가 아니라 쉼이 되기를,

무게가 아니라 숨이 되기를,

잠시라도 그들의 어둠을 밝히는 등불이 되기를.

어차피 우리는 서로의 삶을 잠시 건너는 나그네일 뿐이다.

머물다 가는 길손처럼 잠시 같은 길을 걸을 뿐이다.

그러니 스쳐 가는 동안만큼은 서로에게 따뜻한 물결이 되면 좋겠다.

흘러가더라도 그 물결의 온기는 오래 남을 수 있도록.

그렇게 살았으면 좋겠다.

# 이름 붙일 수 없는 첫사랑 같은 여자, 박완서

내가 서른이 되던 해에 만난,

오십 대 중반의 한 여인은 참으로 이름다웠다.

얼굴이 아니라, 사람 그 자체가 아름답다고 느낀 것은 그때가 처음이었다.

그녀의 목소리는 낮고 조용했으며,

말과 말 사이에는 늘 사려 깊은 숨이 섞여 있었다.

예쁘다고 부를 수 없는 얼굴이었지만

드러난 앞니 사이로 웃으며 말을 건넬 때면

그 웃음은 마치 오래 철이 들지 않은 소녀의 것이었다.

한여름의 무더운 날,

그녀의 집을 찾은 나에게

"집안에서 내려오던 차예요"라며

전통의 향이 짙은 차를 얼음 동동 띄워 내놓던 손길.

나는 그 차보다도,

차마 일어설 용기를 잃게 만들던

이야기의 온도에 오래 붙잡혀 있었다.

서른의 나는 그날 처음으로 생각했다.

나이는 사랑의 조건이 아닐 수도 있겠구나.

사람은 나이를 건너 사랑할 수 있겠구나 하고.

그리고 한 번의 만남이 더 있었고,

그 이후로 나는 그녀를 개인적으로 다시 만난 적이 없다.

그러나 그녀가 세상에 내어놓은 글과 말은

빛처럼 늘 내 곁을 스쳐 갔다.

가까이 다가서지 않아도

그리움은 충분히 존재할 수 있다는 것을

그녀는 그렇게 가르쳐 주었다.

그녀를 만났던 그 무렵, 그녀는 아마도 세상이 줄 수 있는

가장 깊은 슬픔의 한가운데에 서 있었을 것이다.

남편을 먼저 보내고, 이어 하나뿐인 의사 아들을 교통사고로 잃은 뒤였다.

신은 왜 저토록 순진무구한 소녀 같은 사람에게 이런 몫을 주었을까.

나는 이야기를 들으며 내내 그 생각에서 벗어나지 못했다.

그 후로 살아오며

나는 늘 한 번만이라도 다시 그녀를 만나고 싶다고 생각해 왔다.

첫사랑이라 불러도 무방할, 이름 붙일 수 없는 그리움 때문이었을까.

그녀를 만난 지는 어느덧 사십 년 가까이 되었고,

그녀가 세상을 떠난 지도 십오 년이 지났다.

"죽으면 남편과 아들을 다시 만날 수 있으니

죽음이 두렵지 않다"고 말하던 여자.

죽음을 끝이 아니라 희망처럼 다시 떠나는 일이라 말하던 사람.


오늘, 사무실 서가를 정리하다

우연히 그녀의 소설 「그 산이 정말 거기에 있었을까」를 발견했다.

그 순간 문득, 먼발치의 그리움처럼 그녀가 다시 떠오른 것이다.

그녀의 문장은 늘 단정했다.

격렬하지 않으나 깊었고, 울지 않으나 오래 아팠다.

슬픔을 과장하지 않으면서도 그 끝까지 독자를 데려가 놓는 힘.

아마도 그것은 상실을 통과해 본 사람만이 가질 수 있는

고요한 품위였을 것이다.

나는 생각한다.

그날 한여름, 얼음 동동 띄운 차를 내밀던 손길은

이미 모든 슬픔을 알고 난 뒤의 손길이었구나 하고.

그래서 더 부드러웠고, 그래서 더 단단했구나 하고.

사십 년 가까운 세월이 흘렀지만 그녀를 떠올리면

나는 여전히 서른의 내가 된다.

어쩌면 첫사랑이란 손을 잡아본 사람이 아니라

한 인간의 깊이에 처음으로 마음을 건네본 경험인지도 모른다.


서른의 내가 만났던 오십 대 중반의 그 여인.

사람이라는 존재가 얼마나 깊고, 얼마나 단정하게

아름다울 수 있는지를 몸으로 보여주었던 사람.

죽음을 두려워하지 않았던 이유마저 사랑으로 설명해 보이던 여자,

그 이름 박완서….

# 그때 너는 그랬지

고등학교 친구들 모임에 다녀오던 중에 든 생각,

친구란 내게 어떤 의미일까.

친구라는 이름은 하나이지만, 그 안에는 각기 다른 인연들이 겹겹이 포개

져 있다.

내게 있어 초등학교 친구는 고향의 코흘리개 기억으로 남고,

중학교 친구는 사춘기의 날 선 날들을 함께 건넌 사람으로 남는다.

대학 친구는 전국 각지에서 모여든 청춘들이

서로의 젊음과 불안한 미래를 술로 공유했던 기억으로 남는다.

그리고 직장 친구는 삶의 무게를 잠시 내려놓게 해 주는

숨 고르기 같은 존재였다.

어떤 이는 우연처럼 스쳐 왔다가,

어떤 이는 목적처럼 다가와 관계가 되었다.

어떤 이는 잠시 머물다 떠났고,

어떤 이는 생각보다 오래 내 곁에 남아 있다.


그런데도 이상하게 고등학교 친구들을 떠올리면 마음 한편이 먼저 풀어

진다.

유난히 정이 간다.
아마 그 시절이 사람이 가장 여리고, 가장 뜨겁고,
가장 쉽게 상처받으면서도
가장 진심으로 누군가를 믿던 때였기 때문일 것이다.
아직 세상이 우리를 단단히 길들이기 전,
성공과 실패의 언어가 몸에 붙기 전,
서로의 이름만으로도 충분했던 시절.
그때의 우정은 계산보다 먼저 감정이었고, 이익보다 앞선 마음이었다.
시험이 끝나면 교정 뒤편에서 함께 웃고,
별것 아닌 일에도 밤늦도록 이야기를 나누던 시간들.
그때 우리는 서로가 어떤 사람이 될지 몰랐고
그래서 더 편안하게 서로를 바라볼 수 있었는지도 모른다.

옛사람들은 친구를 '벗'이라 불렀다.
벗은 경쟁자가 아니라, 나의 그림자를 함께 밟으며 걷는 사람이었다.
공자가 말했듯,
"벗이 멀리서 찾아오니 어찌 기쁘지 않겠는가.(有朋自遠方來 不亦樂乎)"
여기서 기쁨은 단순한 즐거움이 아니라,
자기 자신을 잃지 않았다는 안도의 감정에 가깝다.
삶이 깊어질수록 사람은 많은 관계를 맺지만, 동시에 많은 관계를 잃는다.
그 과정에서 친구는 세상을 살아내기 위한 수단이 아니라,
내가 어떤 사람이었는지를 증명해 주는 증인이 된다.
"그때 너는 그랬지."
이 한마디를 해 줄 수 있는 사람이 남아 있다는 것,

그것이 인생에서 우정이 차지하는 자리다.

고교 친구들이 유난히 마음에 남는 것은,

그들이 아직 아무것도 되기 전의 나를 알고 있기 때문이다.

성취도 실패도 없던 시절,

그저 존재로만 불리던 나를 기억해 주는 사람들.

그래서 그들과 함께 있으면 우리는 잠시 세상의 직함을 내려놓고

다시 이름으로 돌아간다.


어제 만난 친구들의 얼굴에도 세월이 고스란히 내려앉아 있었다.

머리칼은 희어졌고, 걸음은 예전보다 조금 느려졌다.

그러나 웃음소리는 이상하게도 그 시절과 크게 다르지 않았다.

서로의 이름을 부르는 순간 시간이 잠시 뒤로 물러나는 것 같았다.

우리는 이미 각자의 삶을 오래 살아왔고

각자의 무게를 짊어진 채 이 자리까지 걸어왔다.

그래도 한자리에 모이면 그 무게가 잠시 가벼워진다.


친구란 결국 같은 길을 끝까지 함께 가는 사람이 아니라,

각자의 길 위에서 서로를 잊지 않고 불러주는 사람이다.

그리고 그 부름이 남아 있는 한, 삶은 생각보다 덜 외롭고

시간은 조금 더 따뜻해진다.

어제 만난 고교 친구들처럼.

## 정상과 비정상, 실재와 비실재

오래된 앨범을 뒤적이다 한 장의 사진 앞에서 눈길이 멈췄다.

10여 년 전 찍은 사진이다.

상암동 월드컵공원.

호수 가장자리에 늘어선 나무들,

그리고 그 나무들이 물속에 고스란히 잠겨 있는 또 하나의 세계.

뿌리는 하늘을 향하고 잎은 땅을 향한 채

나무들은 물속에서 물구나무를 서 있었다.

그 풍경은 단순한 반영이 아니었다.

정상과 비정상,

실재와 비실재,

참과 거짓이 서로 얼굴을 바꾸어 쓰고 마주 서 있는 듯한 장면이었다.

물 위에 서 있는 나무는 우리가 알고 있는 세계이고

물속에 잠긴 나무는 그 세계의 또 다른 그림자였다.

둘은 닮았지만 같지 않았고,

같은 형상이지만 서로 다른 방향을 향하고 있었다.

사진을 오래 바라보다가 문득 그런 생각이 들었다.

때로는 나 역시 물구나무를 서서 세상을 바라보고 싶다고.
익숙한 방향으로는 이미 너무 많은 것을 보아버렸기 때문이다.
이제는 더 이상 놀라울 것이 없다고 스스로 단정해 버린 시선으로는
보이지 않는 것들이 분명히 존재할 것 같아서다.
현실과 비현실의 경계가 아주 얇아지는 지점,
그 미세한 틈에서 우리가 굳게 믿어온 세계의 윤곽이
얼마나 위태로운 균형 위에 서 있는지를 몸으로 느껴보고 싶어진다.


세상은 늘 이쪽에서만 설명된다.
밝은 쪽, 보이는 쪽,
이름 붙일 수 있는 쪽이 언제나 진실의 자리를 차지한다.
그러나 저편에도 같은 무게의 진실과 전혀 다른 결의 마음이
조용히 숨 쉬고 있는 것은 아닐까.
우리는 너무 오래 똑바로 서 있는 법만 배워왔다.
균형을 잃지 않는 법,
의심하지 않는 법,
넘어지지 않는 법만을 삶의 기술이라 여겨왔다.
그러나 가끔은 세상을 거꾸로 바라보는 일도 필요하지 않을까.
익숙한 질서를 잠시 뒤집어 보고,
확신처럼 붙잡고 있던 생각들을 잠깐 내려놓아 보는 일.
그러면 그동안 보이지 않던 것들이 조용히 모습을 드러낼지도 모른다.
우리의 마음은 정말 이 세계 안에만 머물러 있을까.
어느새 경계 너머로 조금씩 기울어져 있지는 않은지.
물속에 잠긴 그림자처럼 겉으로는 보이지 않지만

오히려 더 깊고 또렷한 형상으로

이 세계 너머에 드리워지고 있는 것은 아닐까.

그런 생각이 아무 이유 없이 문득 스치는 날이 있다.

내 마음 또한 이미 다른 세계를 향해 조용히 손을 뻗고 있는 것은 아닐지.

물구나무를 서서 세상을 바라보면 모든 것이 흔들린다.


하늘은 땅이 되고 땅은 하늘이 된다.

그러나 그 혼란 속에서 나는 오히려 조금 더 선명해진다.

우리가 너무 오래 익숙함 속에 살다 보니 낯섦이 사라진 것일지도 모른다.

세상은 여전히 신비로운데 우리의 눈이 먼저 닫혀버린 것은 아닐까.

혹시 우리가 찾던 세계는 전혀 새로운 곳에 있는 것이 아니라,

지금 우리가 서 있는 이 세계를 다만 다른 자세로 바라볼 때

비로소 모습을 드러내는 것은 아닐까.

사진 속 물에 잠긴 나무들처럼,

세상은 이미 또 하나의 얼굴로

우리 앞에 서 있는지도 모르겠다.

# 우리들의 꿈, 우리들의 사랑, 우리들의 노래여

우리들의 꿈…


광활한 초원,
우리들 젊은 날의 꿈은 거기에 있었다.
끝없이 말 달리는 그 초원에서
우리는 사랑을 꿈꾸고 노래를 불렀다.
날개가 없어도 하늘 끝까지 비상할 수 있을 거라는
꿈같은 꿈을 현실처럼 가꾸며 살았다.
우리들의 꿈은 그렇게 푸르고 광활했다.


시간들은 우리 곁에서 영원히 머물며 빛날 거라 생각했고 세월은 우리의
곁을 비껴갈 거라고 생각했다.
그런데 시간은 우리를 속이고 화살처럼 지나갔다.
녹슨 말발굽 소리를 내며…
그 광활한 초원은 이제 무너져버린 꿈의 벼랑 한편으로 우리를 내몰고
우리는 슬픈 모서리에 걸쳐
그 좁은 곳에서 좁은 꿈을 꾸며 산다.

우리는 비로소 우리에게 날개가 없음을 알게 되었고
더 이상 비상의 꿈도 접었다.
우리들의 그 광활하고 푸르던 꿈은 다 어디로 흘러갔는가.
송촌동 빈 들녘에 밤바람 소리 가득하다.


우리들의 사랑…


꽃은 피고 지고 피고 지고 또 핀다.
꽃잎은 시간을 물고 시간은 꽃잎을 묻고
우리들의 사랑도 우리들의 젊음도 그렇게 꽃잎처럼 흐르리라 생각했다.


못다 한 사랑 고백이야 뒤로 미뤄도 좋았다.
그리하여 우리는 서로 잘 모르면서, 그러면서도 서로
잘 아는 척, 헛된 눈빛과 수인사를 주고받으며
그림자처럼 쉽게 스쳐 지나왔다.


그것이 사랑이라고 알고 왔다.
이제 비로소 사랑이라는 의미를 알고
진정으로 사랑을 고백할 수가 있는데… 고백해야 하는데…
우리들의 사랑은 이미 세상 밖으로 사람들의 시야 밖으로 밀려나 버렸다.


어느 날 마침내 우리가 죽고, 강물이 저 바닥까지 마르고,
그리고 또 한참 세월이 흐른 다음에야
혹시, 우리 서로에게 하려고 했던 말이

사랑한다는 말이 아니었을까…
어렴풋이
하나, 둘 떠오를지 모른다.
우리 없는 세상에.

우리들의 노래…

젊디젊은 날 우리들의 꿈, 우리들의 사랑은 모두 노래였다.
꽃도 풀도 나무도 새도
우리의 젊음 앞에서는 모두 노래였다.

이제 우리들의 노래들은 벽장 속의 흘러간 레코드에 갇혀 있고
그 속에서 우리는 좁은 꿈을 꾸며 산다.
강물 같은 세월에 우리는 꽃잎이 되어
떠다니는 사랑이 되어 회한의 언덕을 부초처럼 떠돌며
훠이훠이~ 넘어가고 있다.

하지만 우리들의 노래는 아직 끝나지 않았다.
어느 날 마침내 우리가 죽고, 강물이 저 바다까지 마르고,
그리고 또 한참 세월이 흐른 다음에도 우리들의 노래는 세상을 적시고 있
을 것이다.
아! 우리들의 꿈,
우리들의 사랑,
우리들의 끝나지 않을 노래여~

# 세 살 버릇 여든까지 간다

"세 살 버릇 여든까지 간다."

새벽녘, 유튜브에서 국내 유명 뇌과학자의 대담을 보다가 문득 떠오른 말이다.

어릴 적에는 그저 훈계처럼 들리던 말이었다.

버릇을 고치라는 어른들의 잔소리쯤으로 가볍게 흘려들었던 문장.

그런데 그 말이 사실은 매우 과학적이고 사실적인 말이라는 사실을 뒤늦게 알게 되었다.

우리는 흔히 이 말을 습관의 문제로 이해한다.

그러나 그 말의 깊은 곳에는 인간이 어떻게 인간이 되는가라는 존재론의 질문이 숨어 있다.


인간은 태어나는 순간 이미 완성된 존재가 아니다.

수많은 가능성만을 품은 채 비어 있는 지도처럼 세상에 놓인다.

뇌세포는 태어날 때 약 140억 개로 시작하지만

그 숫자가 더 늘어나지는 않는다 한다.

대신 그 세포들 사이를 잇는 길,

즉 시냅스가 유아기 동안 폭발적으로 만들어진다.

그 길들은 단순한 생물학적 연결이 아니다.

누군가의 손길과 온도, 시선과 목소리, 반복된 경험 속에서 만들어지는
삶의 통로들이다.

어머니의 품에서 들었던 숨결,

아버지의 손을 잡고 걷던 오후의 길,

이름을 불러 주던 누군가의 따뜻한 목소리.

그 모든 순간들이 뇌 속에서 하나의 길이 된다.

사랑받았던 순간은 안정으로 이어지는 길이 되고,

버려졌던 시간은 두려움으로 향하는 골목이 된다.

그 길들은 우연처럼 보이지만 사실은 삶 전체의 방향을 정하는 초기 설계
도에 가깝다.


늑대에게 길러졌던 아이들이
끝내 인간의 언어와 규범 속으로 들어오지 못했다는 연구 결과는 단순한
실패의 기록이 아니다.

그것은 인간의 조건에 대한 아주 깊은 증언이다.

인간은 태어났다고 곧바로 인간이 되는 존재가 아니다.

사랑 속에서만 인간이 된다.

인간이 짐승과 다른 이유는 지능 때문도, 기술 때문도 아니다.

스스로 욕망을 멈출 수 있고,

타인의 고통 앞에서 발걸음을 늦출 수 있으며,

옳지 않음을 알기에 손을 거둘 수 있다는 점, 그 윤리의 능력 때문이다.

그리고 그 윤리는 어린 시절 누군가의 품에서

"괜찮다."

"기다려도 된다."

"너는 소중하다."라는 말과 함께 천천히 몸에 새겨진다.

그 말들은 아이의 귀에만 머무르지 않는다.

뇌의 깊은 곳에서 길이 되고 습관이 되고 마침내 한 사람의 세계관이 된다.


그래서일까.

때로 인간이기를 포기한 듯 보이는 사람들을 볼 때 우리는 쉽게 분노한다.

어째서 저렇게 되었을까 하고 고개를 젓는다.

그러나 조금만 더 깊이 들여다보면 그들의 어린 시절에는

안아주는 팔보다 밀어내는 손이,

기다림보다 방치가 더 많았던 것은 아니었을까

묻게 된다.

사람의 삶은 혼자서만 만들어지는 것이 아니다.

어린 시절 누군가의 시선이 나를 바라보았고

누군가의 손길이 나를 붙잡았으며 누군가의 기다림이 나를 지켜 주었다.

그 기억들이 한 사람의 마음속에 조용히 윤리의 뿌리를 내린다.


그래서 요즘, 우리가 자식을 키우던 때보다

아이들에게 훨씬 더 많은 시간을 아이들의 눈높이에서 함께하는

젊은 부부들의 모습은 단순한 육아 풍경이 아니다.

나는 그 장면을 볼 때마다 조금 부럽기도 하다.

그들은 한 생명의 미래뿐 아니라 사회의 윤리와 세계의 방향을

말없이 빚고 있는 중이기 때문이다.

한 아이를 안아 주는 일은 한 세대를 안아 주는 일과 다르지 않다.
한 아이에게 건네는 따뜻한 말 한마디는
먼 훗날 누군가의 삶을 구할지도 모른다.
그래서 "세 살 버릇 여든까지 간다"는 말은
단순한 생활의 교훈이 아니다.
그 말은 이렇게 말하는 것 같다.
"인간은 혼자 인간이 되지 못한다."

# 한 발 비켜서서 살아온 시간

나는 살면서 명예라는 것을 삶의 목표로 삼아본 적이 거의 없다.
젊은 시절, 남들처럼 잠시 스쳐 간 마음 한편은 있었을지라도
그것은 내 삶에 중요한 조건은 아니었다.
돌이켜보면 명예를 탐하지 않았다기보다는
하루를 건너 하루를 살아내는 데 온 힘을 써야 했던 사람에게
명예란 애초에 다가올 틈이 없었는지도 모른다.

세상을 살아가다 보면 사람마다
세상을 바라보는 방식이 서로 다르다는 것을 알게 된다.
어떤 사람에게는 성공이 삶의 방향이 되고,
어떤 사람에게는 부와 명예가 삶을 움직이는 힘이 된다.
그들에게 그것은 단순한 욕망이 아니라
삶을 견디게 하는 동력이기도 할 것이다.
더 높이 오르고, 더 넓은 세상으로 나아가고,
자신의 이름을 세상에 남기려는 마음.
그 또한 인간이 가진 하나의 자연스러운 열망일 것이다.

그러나 어떤 사람은 전혀 다른 방향을 향해 살아간다.

큰 이름을 남기기보다 조용한 하루를 무사히 건너는 일을 더 소중히 여기고,

세상의 중심이 되기보다 자연의 한 부분으로 머무는 삶을 택하는 사람들.

나는 아마도 그 후자에 가까운 사람일 것이다.

큰 꿈을 품지 않았다는 뜻이 아니라 내 마음이 향하는 곳이

늘 조금 다른 방향이었을 뿐이다.

수많은 모임 속을 지나왔지만 나는 늘 한 발 비켜 서 있었다.

어떤 호칭, 그 흔한 직함 하나도 탐해 본 적이 없다.

스스로를 낮춰서가 아니라 그 자리에 서는 일 자체가

내 삶의 방향과는 어긋난다고 느꼈기 때문이다.

나는 늘 "자격이 없다"고 말하며 물러섰다.

겸손이라기보다도 내 삶의 바탕이 그랬다.


그러나 세상은 사람을 마음먹은 대로만 살게 두지 않는다.

나는 조용한 삶을 바라보았지만 세상은 때때로 거친 바람을 보내왔다.

뜻하지 않은 고통 앞에 서야 했고,

어쩔 수 없는 무거운 책임 앞에 서야 했다.

어쩌면 그 또한 삶이 건네는 한 방식의 질문이었을 것이다.

그런데 아이러니하게도 이제는 내려놓아도 좋을 나이가 되었는데

오히려 무언가를 맡아달라는 부탁이 잦아졌다.

공적인 자리, 사적인 책임, 이름을 앞세운 직책들이 가끔 나를 찾아온다.

나는 여전히 고개를 젓고 조심스럽게 사양하지만

때로는 그 마음이 미안함으로 남는다.

거절은 늘 나의 선택이었으나 그 선택이 누군가에게는 빈자리를 남기기 때
문이다.

그러나  억지로 맡은 책임은 나를 비워내기보다

나를 소모시킨다는 것을 알고 있다.

사람에게는 자신만의 어떤 그 무엇이 있고 자신이 머물 자리의 온도가

있다.

누군가는 높은 곳에서 빛나야 하고 누군가는 넓은 세상을 이끌어야 한다.

그러나 또 어떤 사람은 조용한 자리에서 세상의 흐름을 바라보며

자신의 시간을 살아가는 것이 더 어울린다.

그래서 나는 그저 그렇게 살다 가고 싶다.

앞서지도, 뒤처지지도 않은 채 자연의 한 호흡으로 머물다 떠나는 삶.

바람 한 줄기에 실려

어느 들판에 내려앉아 들꽃을 피우는 작은 꽃씨 하나처럼,

피어 있는 줄도 모른 채 피었다가

아무 소리 없이 씨앗 하나 남기고 사라지는 것.

이름이 없어도 좋고 명예가 남지 않아도 괜찮다.

나를 증명하려 애쓰지 않아도 이미 충분히 살아왔음을 안다.


살아낸다는 것은 무엇을 더 없는 일이 아니라

하나씩 내려놓는 일이었음을 나이 들어 이제야 조금은 알 것 같다.

그래서 어쩌면 내 마음이 마지막에 바라는 것은

명예가 아니라 평화인지도 모른다.

오래 불어온 바람이 마침내 잦아들 듯,

긴 하루가 저녁으로 스며들 듯 조용한 끝을 맞이하는 것.

그래서 그렇게 살다 가고 싶다.

어느 들녘 이름 모를 풀꽃 하나처럼,

아니 그 풀꽃을 스치고 지나가는 바람 한 줄기처럼, 이름도 명예도 없이.

# 마음을 세워놓고 묻다

가끔 마음을 세워놓고 묻는다.

나는 지금 무엇을 붙들고 있는가.

이름을 붙이면 사랑이고 책임이며 자존심이고 신념이지만,

조금 더 깊이 들여다보면 그것은

내가 나에게서 떠나지 못하는 집착은 아닐까.

내 생각을 붙들고,

내가 옳다는 확신을 붙들고,

사라질지 모를 어떤 관계를 붙들고,

이미 지나가고 있는 시간을 붙들고 있지는 않은가.

붙들고 있는 마음이 강해질수록,

그것이 나를 위하는 것이라고 생각할수록,

실은 더 나를 옭아매고 있는 것은 아닐까.

그럼에도 끝내 놓지 못하는 것,

그것이 어쩌면 인간이라는 이름의 연약함일지도 모르겠다.


불교에서 말하는 무상(無常)은

이 세상에 변하지 않는 것은 없다는 뜻이라고 했다.

마음도, 몸도, 감정도, 관계도,
권력도, 부도, 명예도, 수치도 모두 머물지 않고 흐른다.
어제의 나는 이미 사라졌고 오늘의 나 또한 내일이면 낯선 사람이 된다.
봄꽃은 피었다가 진다.
지기 때문에 아름답다.
만일 지지 않는 꽃이 있다면 우리는 그 꽃 앞에서
이토록 숨이 멎을 듯한 감동을 느낄 수 있을까.
그러나 머리로는 알면서도 마음은 자꾸 붙들려 한다.
사라질 것을 영원이라 부르고, 흐를 것을 멈춤이라 믿고,
내 것 아닌 것을 내 것이라 부르며 한 줌의 시간을 움켜쥔다.

그렇다면 일상의 범인(凡人)으로서 나는 어떻게 살아야 할까.
산속 수행자처럼 모든 것을 끊어낼 수도 없고,
세속의 욕망을 초연히 바라볼 만큼 단단하지도 못하다.
밥을 벌어야 하고, 가족을 사랑해야 하고,
작은 인정과 칭찬에 여전히 흔들리는 존재다.
어쩌면 인간이란 그렇게 흔들리도록 만들어진 존재인지도 모른다.
아마도 답은 거창하지 않을지 모른다.
붙들되, 붙들고 있음을 아는 것.
사랑하되, 영원하지 않음을 아는 것.
성공을 꿈꾸되, 그것이 나의 전부가 아님을 아는 것.
집착을 완전히 버리지 못하더라도 그 집착을 투명하게 바라볼 수 있다면
이미 절반은 놓은 것이 아닐까.
흐름을 막으려 하지 않고 흐름 위에 잠시 몸을 얹어 둘 수 있다면

그 또한 작은 자유가 아닐까 싶다.

강물은 붙잡히지 않기 때문에 흐르고 바람은 멈추지 않기 때문에 길을 만든다.

우리의 삶 또한 그 흐름 위에 잠시 떠 있는 배와 같을 것이다.

노를 너무 세게 붙잡으면 오히려 물살을 거스를 뿐이고,

모든 것을 놓아버리면 방향을 잃고 떠내려간다.

그래서 삶이란 붙들면서도 놓고,

사랑하면서도 비워 두고,

흐르면서도 길을 잃지 않는

그 미묘한 균형 위에 서 있는 일인지도 모른다.


모든 것이 변한다는 사실이 삶을 허무하게 만드는 것이 아니라

오히려 이 순간을 더 또렷하게 빛나게 하는 것이라면,

나는 오늘을 어떻게 살아야 하는가.

붙들면서도 놓고, 사랑하면서도 비워 두고,

흐르는 시간을 억지로 막지 않으면서 그 안에서 나의 자리 하나를

조용히 지켜가는 것.

그것이 일상의 범인에게 허락된 길은 아닐까.

그렇다면 나는 지금 무엇을 내려놓아야 하고

또 무엇을 끝까지 품어야 하는가.


창밖을 바라본다.

봄이 오려는지

봄을 물고 온 듯한 작은 새 한 마리가 창가에 앉아 고개를 기웃거린다.

아직 공기는 차고 겨울 하늘은 우울하다.

그러나 그 새의 눈동자 어딘가에는 이미 봄의 기운이 깃들어 있는 것만 같다.

어쩌면 삶도 그런 것이 아닐까.

겨울의 마음속에서도 보이지 않게 봄이 자라고 있는 것.

그 새를 바라보며 잠시 마음을 내려놓는다.

그리고 다시 묻는다.

나는 지금 무엇을 붙들고 있는가.

그리고 무엇을 놓아야 하는가.

# 토요일 오후의 똥지게

농부의 자식이 농업 과목을 무시해? 너는 토요일 오후에 남아!
농업 선생님의 목소리가 50여 년이 지난 지금도 귀에 또렷하다.
이유는 농업 시험에서 네 문제를 틀렸다는 것.
나는 그달 월말 시험에서 농업 과목만 네 문제를 틀렸을 뿐, 다른 과목은
모두 만점이었다.
더구나 농업 시험에서 빵점을 맞은 아이들까지 있었는데
왜 유독 나에게만 벌이 내려졌는지 그때의 나는 도무지 이해할 수 없었다.
어린 마음에는 그저 억울하기만 했다.

며칠 뒤 토요일 오후,
선생님은 어디에서 가져오셨는지
커다란 똥지개 하나를 학교 화장실 옆에 준비해 두고 계셨다.
그리고 조용히 말씀하셨다.
"화장실 분뇨를 퍼다가
운동장 사철나무 울타리에 뿌려라."
그때 학교 공동화장실은 전형적인 푸세식이었다.
나는 긴 작대기에 메달린 바가지를 이용해 분뇨를 두 개의 바케스에 퍼

담은 다음, 지게 양쪽에 걸어 짊어지고 가서 운동장 사철나무에 뿌려줘야
했다.
토요일 오후 내내 나는 그 일을 반복했다.
똥 냄새가 숨을 쉴 수 없을 만큼 코를 찔렀고
지게의 무게가 어깨를 짓눌렀다.
방과 후 집에 가지 않고 남아 있던 몇몇 친구들이
멀찍이서 그 모습을 지켜보며 박수를 치고 낄낄대기도 했다.
그 웃음소리는 그날의 바람처럼 오래 귓가에 남아 있었다.

나는 아무 말도 하지 않았다.
그저 바케스를 채우고 지게를 메고 운동장 사철나무 울타리로 걸어갔다.
그리고 다시 돌아와
또 퍼 담고
또 짊어지고
또 걸어가서 뿌렸다.
그날 오후
운동장 둘레의 사철나무 울타리는 유난히 많은 거름을 얻었다.

중학교를 졸업하고
그 학교 앞을 지나게 될 때마다
나는 운동장 둘레에 길게 이어진
푸르디푸른 사철나무 울타리를 유심히 살펴보는 버릇이 생겼다.
그 나무들이 내가 퍼 나르던 그 거름 덕분에 저렇게 잘 자라고 있는 것이
라고 스스로에게 조금은 억지스러운 위안을 건네면서 말이다.

그날의 기억은 한동안 내 마음 속에서 수치감과 억울함으로 남아 있었다.
하지만 세월은 참 묘하다.
시간이 흐르고 사람의 마음도 함께 자라면서
그 기억의 색깔이 조금씩 달라졌다.
아, 선생님이 나를 무척이나  기대하고  사랑하셨구나.
농부의 아들이  농업 시험을 틀린 것을 문제 삼은 것이 아니라 명문고를 보
내고 싶어하셨던 나에 대한 사랑이셨구나.


내가 다니던 중학교는
시골집으로 가는 도로 옆에 아직도 자리하고 있다.
당시 전교생  5백명이었던 학교는 이제 전교생 20여명 남짓 하다니 학교가
폐교될 날도 멀지 않은 것 같아 아쉽기만 하다.
세월이 많이 흘러 그때의 사철나무 울타리는 대부분 사라지고
이제 몇 그루만 드문드문 남아 있다.
대신 새로운 나무들이 운동장 둘레를 둘러싸고 있다.


시골집을 오가며 그 앞을 지나갈 때면
나는 가끔 그 토요일 오후를 떠올린다.
어깨에 똥지게를 지고 운동장을 오가던 한 소년과 멀리서 웃던 친구들
그리고 유난히 부리부리한  눈으로 지켜보시던 선생님의 모습.
그 기억은 이제
수치의 기억이 아니라
이상하게도 따뜻하고 그리운 기억이 되었다.

사람의 삶에는 그때는 이해할 수 없지만 세월이 흐른 뒤에야
비로소 뜻을 알게 되는 일들이 있다.
그 토요일 오후가 내게는 그런 시간이었다.
선생님,
지금 어디 계십니까.
아직 생존해 계시겠지요.
54년 전, 소년 하나의 마음 속에
지워지지 않는 한 장의 기억을 남겨 주신 선생님.
그날의 사철나무보다도 더 오래 살아남은 저의 아름다운 기억입니다.
고맙습니다, 백철수 선생님.

# 첫사랑

동백꽃!
그 동백꽃 때문이었을까?
아직 잔설이 머문 자리,
이른 봄 그네가 있는 집은 동백꽃으로 둘러싸여 있었다.
저녁이면 그 동백 울타리 숲 사이로 귀촉도가 울고
나는 그런 밤이면 동백 울타리 숲을 뚫고 그네의 방 불빛을 훔쳐보곤 했다.

동백꽃이 너무 예뻤다.
붉은 속잎 다 떨구고 마침내 남은 꽃봉오리 뚝~ 떨구고 마는
그 마지막 봄날 동백꽃도 너무 예뻤다.

동백꽃 때문이었을까? 그네 때문이었을까?
열여섯 소년의 가슴에 멍울이 들고 있었다.
닿을 수 없는 하늘….
아무리 비상해도 새는 그 하늘 끝에 닿을 수 없을 것 같았다.
음악 선생님이 새로 오셨단다.

하늘과 땅이 맞닿을 것 같은 산길로 산길로만 오르다가,

움푹 꺼진 분지에 위치한 첩첩 산골 작은 중학교.

서무 보는 여직원이 음악을 담당하다 개교 이래 처음으로 음악 선생님이

부임하신 것이었다.

중학교 2학년의 시작과 함께였다.


눈이 부셨다. 연붉은 원피스에 긴 생머리.

그리고 하얗고 예쁜 얼굴.

누군가가 어떻게 알아냈는지, 스물여섯 살이라 했다.

가끔 형들이 방학 때면 서울서 사가지고 내려온

학생 잡지 표지의 그 예쁜 여자애들보다 훨씬 예뻤다.

공부 열심히 해서 성공해 서울 여자하고 결혼해야지 하던

그 굳은 꿈들도 음악 선생님 앞에서 여지없이 부서져 내렸다.

선생님 잎에 서면 가슴이 하얗게 부셔졌다.

밀려가서 돌아오지 않은 포말 같았다.


광주가 고향이라는 선생님은 우리 마을에 기숙을 하셨다.

동네의 유일한 기와집이자 동백나무가 집 전체를 빙 둘러 에워싼 고택이

었다.

근동에서는 가장 좋은 집이었고,

그 집엔 이미 나이 드신 여자 국어 선생님이 기숙을 하고 계셨는데.

아마 그분의 권유에서였던 모양이었다.

아무튼…,

천사! 천사가 우리 마을로 내려온 것이다.

선생님이 우리 마을에 오시고 나서부터 내 밤 나들이가 시작되었다.

밤이면 친구를 꼬드겨 함께 기와집 동백 울타리 곁을 맴돌았다.

동백 울타리 사이로 언뜻언뜻 비치는 선생님의 실루엣에 마냥 가슴이 쿵쾅거렸다.

동백꽃이…, 예쁜 동백꽃이 그 쿵쾅거림에 무더기로 다 질 것 같았다.


그렇게 봄이 가고 여름이 오고 있었다.

동백이 지고 다시 등꽃이 5월 언덕을 넘어가고,

그 등꽃이 넘어간 마을 언덕 위 능선을 6월 아카시아꽃이 넘어가고 있었다.

비가 내리는 토요일 오후였다.

그 당시 나는 웬일인지 비가 오면 청승맞은 짓을 도맡아 했다.

비포장 신작로 길을 우산도 없이 걸어 물에 빠진 생쥐 꼴이 되어 집에 오곤 했다.

한없이 구부려져 간 그 버드나무 가로수 길,

그 길을 귀때기에 피도 마르지 않은 어린놈이 고독을 질근질근 씹어대며 걸었다.

가슴에 작은 멍울이 자라기 시작한 것이었다.

사춘기의 시작치고는 너무 야무진 사춘기였다.


그날도 역시 여느 때처럼 학교가 끝나고 학생들이 모두 돌아간 뒤, 혼자 교문을 나섰다.

갑자기 시야가 흐려졌다. 뿌연 안개였다.

가슴이 컥 막혔다.

선생님이…, 그 음악 선생님이 버스를 기다리고 계셨다.

부끄러워 목례를 하고 100m 달리기 출발선에 섰다.

갑자기 선생님이 나를 불러 세웠다.

"같이 가자!"

발이 얼어붙었다. 꼼짝할 수가 없었다.

선생님이 다가와 우산을 씌어 주었다.

"너 저번에도 비 오는 날 비 맞고 혼자 가던데…?"

아무런 대답도 하지 않았다.

"참 니네 형이 서울서 학교 다니니? 저번 날 교무실에 옛날 선생님께 인사
하러 왔던데 참 잘 생기셨더라?"

그랬던 모양이다.

무슨 일이 있어 잠시 시골에 다녀가면서 학교 은사님께 들렸던 모양이
었다.

괜히 성질이 났다.

대답 대신 빗물에 젖은 돌멩이를 발부리로 냅다 걷어찼다.

군대 제대하고 복학했으니 나이가 비슷하겠지…,

잘 해봐라 잘 해봐!

다시 또 돌멩이 하나를 걷어찼다.

그렇게 발부리가 피멍이 들도록 차고 또 찼다.


어쨌든 그날 이후로 우리는 친해졌다.

그 후로도 두어 번 더 신작로 길을 같이 걸었다.

알퐁스 도데의 「별」에서처럼 길 잃은 별 하나가 내 곁에 천사로 내려와
앉은 것이었다.

여름방학이 왔다.

방학 내내 나는 동네 어귀 신작로가 보이는 언덕에서 선생님을 기다렸다.

고물 버스가 먼지를 내며 지나가버릴 때마다

산그늘이 마을로 조금씩 내려 앉았다.

밤이면 산그늘도 외로워 마을로 내려오는가.


2학기가 시작되고 우리는 다시 만났다.

가을이 온산 가득히 밀려오고

억새가 마을 뒤 산등성을 넘어가고 있었다.

어스름 달빛이 교교히 내리면 바람에 흔들리는 억새밭 모습이

마치 이효석의 「메밀꽃 필 무렵」의 한 구절처럼 소금 흩뿌려놓은 것 같았다.


우리는 어느 늦가을 초저녁 달밤에 거기에 앉아 있었다.

선생님은 많은 이야기를 해주셨다.

알프스 소녀 하이디 이야기도 그때 들었다.

산골에는 읽을 책이 없었다. 동화책이 무언지도 잘 몰랐다.

이야기라고는 할머니가 들려주시는 춘향전, 박씨 부인전, 등등….

나는 다행히도 그때 우리 고전을 대부분 통달하고 있었다.

귀에 못이 박히도록….


선생님의 이야기가 끝나면 나는 퉁소를 불어주었다.

구슬프다고 했다.

눈물이 날 것 같다고 했다.

선생님은 너 뭐가 될 거냐고 물었다.
철학가가 되고 싶다고 했다.


당시 나는 그 어린 나이에 형들이 읽다가 버리고 간
니체의 「짜라투스는 이렇게 말했다」와 쇼팬하워의 「인생론」을 읽고 있
었다.
도대체 아무것도 이해할 수 없는… 귀신 씨나락 까먹는 소리인지,
씨나락 귀신 까먹는 소리인지도 모르는 책을 읽어댔다.
읽을 책이 없었기 때문이었다.
그리고 대학교 선생님이 되고 싶었기 때문이었다.
교수가 되면 선생님을 내 아내로 만들 수 있을 거라는 생각이 들었다.


교수는 선생님보다 더 높으니까 라고 생각했었기 때문이다.
어린 나이에도 나이 차이가 걱정되고 다음에 아버지를 설득할 일이 걱정되
기도 했다.
꿈은 늘 크게 꾸는 것이라고 아버지는 말씀하셨지만…,


아참! 그렇지, 잊어먹을 뻔 했다. 어느날인가. 선생님이 내게 물었다.
너 연애하니? (아니 이제 아셨나?)
너 일기장 보니깐 누구를 무지 좋아하는 거 같던데? (누구긴 누구요. 선생
님이지요.)
아! 실수였다. 학교에서 일기장 검사한다고 제출하라 했는데
아무 생각없이 그냥 그대로 제출해버린 것이었다.
그렇지만 선생님을 언급하지 않아서 천만다행이었다.

선생님들이 내 일기를 보고 다 웃었단다.
이놈은 연애까지 일 등 한다고 그랬단다.
며칠을 선생님들 얼굴 보는 것이 부끄러워 고개를 들지 못했다.

그렇게 가을이 가고 겨울이 왔다.
그리고 겨울 방학, 긴 기다림이 시작되었다.
선생님이 없는 마을은 너무 쓸쓸하고 추웠다.
그해에는 유난히 눈이 더 많이 내렸다.
몇 번 선생님께 편지를 보냈지만 답장이 없었다.
봄이 오고 나는 3학년이 되었다. 그리고 선생님도 돌아오셨다.

소문이 돌고 있었다.
음악 선생님이 곧 결혼을 한단다.
상대는 육사 출신 육군 대위라 했다.
그네 하숙집 주변에 다시 동백이 피기 시작했다.
눈이 많이 오고 난 다음해의 봄은 동백이 더 탐스럽게 핀다.
그해 봄도 그랬다.
빨간 핏빛처럼 붉은 동백 속잎처럼 열여섯 소년의 가슴에 온통 피멍이
었다.
나쁜 자식! 나쁜 자식! 밥풀떼기 세 개,
육군 대위 계급장이 신작로 길에 돌멩이로 널려 있었다.
보이는 대로 걷어차고 다녔다.
발부리에 피멍이 들도록 걷어차고 다녔다.
그 봄이 다 가도록 다시는 선생님하고 신작로를 걷지 않았다.

그리고 인사도 하지 않았다.
등꽃이 5월 언덕을 넘어가고 있었다.
결혼과 함께 그녀는 마을을 떠났다.
중 3, 열여섯의 봄은 그렇게 아프게 아주 아프게 지나갔다.

올해도 어김없이 고향 마을 그 집엔 붉은 동백이 흐드러지게 피었다 졌을
것이다.

*이 글은 나의 실재 이야기에 약간의 가공을 더한 것임.